二見文庫

美尻人妻・亜弥

藤堂慎太郎

目次

美尻人妻・亜弥

1

当宝飾店『ペルソナ』は会員制で、入会に当たっては資格審査があるがと貴彦《たかひこ》が言うと、秋元亜弥《あきもとあや》は自信ありげに頷《うなず》いた。

「波田《なみた》さんの紹介状がありますの」

「その紹介状をお書きになる際に、それがここでは何の効力も持たないことも波田様はおっしゃったはずですが……」

波田理恵《りえ》は長くこの店の会員として登録されているし、月に一度はやってきて、必ずアクセサリーを購入していく。いわゆるお得意さんであった。

しかし、その常連客が書いた紹介状があるからといって、このジュエリーショップでは必ず会員になれるとは限らないのだ。

「ええ、でも……。私、夫は弁護士をしておりますし、夫の父は参議院で……」

「そのことは紹介状を拝見してわかっております」

「まっ……」

年若い貴彦に話を遮《さえぎ》られて、亜弥の美貌が不快そうに歪《ゆが》んだ。

「それでは、やはり審査を……」

しかし、秋元夫人は下手に出た。この一見画廊にも見えそうな『ペルソナ』は、一部の者しか知らぬ小さな入口の宝石店である。

だが、その会員の大半は、政財界で活躍する男たちを夫に持つ奥様方や芸能界で脚光を浴びている人々だった。

しかも、有名人だから会員になれるとは限らないのだ。

「僭越《せんえつ》ですが、当店の資格審査を受けていただくことになります」

どんなに世間に知れ渡った有名スターでも、どんなに偉い政治家の配偶者でも、そのことが審査に与える影響は皆無だった。

「審査の基準は何ですのっ」

会員になれなかった者は、そう食ってかかった。

だが、この年若い、二十代の半ばにしか見えぬオーナーの返事は決まっていた。

「私どもとは、お好みの方向が違っておりますので」

杉本《すぎもと》貴彦は、宝石の本場イタリアの美大を卒業後、そのままイタリアで数年間宝石工房で学んだ経歴を持つ。その洗練された宝石デザインとカッティングは、本場ヨーロッパでも高い評価を受けていた。

「私は、もういいだろう」

貴彦の技量を見極めた父、貴志《たかし》は早々と引退してハワイに移り住んでしまった。したがって、三代にわたり数十年続けている『ペルソナ』を経営しているのは、貴彦と、二つ上の姉の麻衣《まい》というわけである。

「審査に少しお時間がかかるのですが、今日お受けになりますか？」

貴彦が微《かす》かな笑みを浮かべながら尋ねる。整った顔立ちの青年に覗《のぞ》き込まれて、亜弥は白い顔に血の色を昇らせ目を伏せた。睫《まつげ》が長い影を落としている。

「ええ、お願いします」

誰が『ペルソナ』の会員であるかはときどき噂になったが、誰が資格審査で落とされたかはあまり知られていない。会員になれた者は吹聴するが、そうでない者は沈黙するからだ。もちろん貴彦や麻衣の口からそれが漏れることはない。

「その前に車を……」

亜弥は携帯電話で運転手に先に戻るように命じた。


「宝石というのは、然《しか》るべき人がつけないと本物でも、偽物臭く見えてしまうものなのです」

〈JUDGE〉とプレートの掛かった部屋に入るとき、

『私も鑑定されるのか、宝石のように』

と亜弥は少しおかしかった。

しかし、そんな亜弥の胸のうちを知ってか知らずか、青年はかなり真面目な口調で話しだした。

「特に精巧な偽物が作られるのはダイヤです。そして、ご婦人方のお求めでもっとも多いのもダイヤなのです」

「あら……」

自分も、ペルソナでデザインし、カットしたダイヤが欲しいと思っていた亜弥は、胸のうちを言いあてられたような気がしてまた少し赤くなった。

「では、その籠《かご》に着ているものを脱いで入れてください」

貴彦はいつのまにか白衣に着替えている。

「え？」

聞き違えたかと思った亜弥は怪訝《けげん》な目で貴彦を見たが、彼の手は脱衣籠を指している。

「ど、どうして洋服を？」

「どんなに貧しくとも気品に満ちた人がいます。それと同様にどんなに着飾っても、品性の劣る人もいます。虚飾を剝《は》ぎ取った状態で、身につけてみることが大切なのです」

「まあ……。でも、おっしゃるとおりかもしれませんね」

白衣の持つ威圧感と青年の真剣さに打たれたように秋元夫人は頷いていた。

ほっそりとスレンダーと見えた体つきは、スーツを脱ぐとその印象をがらりと変えた。

「ほう」

スカートをハンガーに掛けて、亜弥が正面を向くと、貴彦が唸《うな》った。半裸の白い女体は豊満と呼ぶにふさわしい柔らかな曲線を持っている。

「あの……私、手足が長いんです。ですから……着痩《きや》せして見えるんです。本当は太っていて……」

青年の凝視に耐えかねたように、早口で女が言った。

しかし、亜弥は自分が太っているなどとは本当は少しも考えていない。大学時代から体型は変わっていない。若いときにテニスで鍛《きた》えた体型を週一度のジム通いで、三十二歳のいまも維持しているのだ。胸とお尻は、やや日本人離れした豊かさを持っているし、くびれたウエストだって、自慢していいと思っている。

「それでは……デジタルカメラで撮りますから真っすぐに立ってください」

「ハイ」

パンティの前で組まれていた手を解いて熟女が直立する。ライトを当てると、むっちりと白い太腿が艶《つや》やかに光った。

「それでは、サイドビューを撮ります」

横向きになると、ふくよかに隆起した胸と逞《たくま》しいほど張ったヒップのラインが明らかになった。

「はい、それでは下着を取って」

秋元夫人は目を上げた。黒い大きな瞳には驚きと抗議の色があった。

「総《すべ》てを捨てて我の元へ……です」

ルネサンスの到来を予見した詩人の叙事詩を引用して青年が促《うなが》した。

『あれは……たしかイタリアの詩人だったわね』

下着を脱げと言われているというのに、亜弥の頭をそんなことがふとよぎった。

「そのパリで買ったパンティとブラを脱ぎなさい」

貴彦は、まだ輸入ルートにのっていない外国の下着をぴたりと言いあてた。

「ハイ……でも……」

「生まれたままの姿になって、審査を受けるのです……それとも……」

やめますかと言われて、熟女は思い切ってブラジャーのストラップに指をかけた。

『ここまできて……やめられないわ』

どうせ、下着姿は見られているのだ。そういいきかせて熟女はブラを外《はず》した。

ユサッと重そうに揺れた乳房は、小さな乳暈と可憐な乳首を持っていた。下着を取り去っても垂れ下がることのない二つの隆起は、羞恥に耐えかねたように寄り添って、深い谷間を作っていた。

「下も……」

パンティを脱ぐことを命じられると、熟女の白い指はためらった後に、それに手をかけた。スルリと脱ぎ下ろす動作が早かった。騎虎《きこ》の勢いとでも言うべきか。

「なるほど……」

くびれた胴から、厚い腰にかけて広がる角度の大きな曲線が見事だった。

だが、熟女の露《あら》わな下半身に目をやった青年が見ていたのは、さらにその下だった。急角度だが優美な曲線は、白さと豊かさを誇る臀部《でんぶ》に収束していく。貴彦は、その豊満な尻の丸みをじっと見つめている。探していたものに巡り合った者の目であった。貴彦は、憑《つ》かれたような表情で、亜弥の白い豊満な尻を凝視し続けた。

「ヴィンテージ」

「え?」

熟女にはわからなかったらしいが、貴彦は留学しているときに飲んだ、よく熟した優良なワインを思い出していた。成熟した尻の丸みと豊かさが芳醇《ほうじゅん》なワインの香りを喚起したのか。

「いや、いいんです。では、この指輪をつけてみましょう」

貴彦は熟女の手を取ると、一つの指輪をケースから取った。指を見ただけでわかったのか、選んだ指輪のサイズは亜弥の指にぴったりだった。

「ホープ・ブリューのコピーです。サイズは小さいですが。原石が似ていたので、ほぼ同じカットで仕上げてあります」

「まあ、素敵ですこと」

サイドから光を入れるためにある会社が開発した、数本の爪で持ち上げるという方法を踏襲しているが、爪の高さを上げすぎると、小さな石を大きく見せ掛けるという安易な下品さが露わになる。

しかし、貴彦の作成したそれは、微かな光がファイアーと呼ばれるダイヤ独特の虹のような輝きをほどよく際立たせていた。

「それでは、靴を脱いで、そのまま前に歩いて」

宝石を意識しないでと青年が付け加えると熟女は素直に歩き始めた。慎ましく歩いてみせるが、豊かに盛り上がった乳房も、逞しく張った尻も、歩行につられてユサユサと揺れている。

「はい、OK。じゃ、戻って中央でしゃがんで……はい、次は立って頬に左手を当ててみて……」

モデルのようにさまざまなポーズを命じられることを訝《いぶか》しがりながらも、亜弥は素直に青年の命令にしたがってポーズをとった。いくつかのライトが亜弥に焦点を当てて影を消している。きらきらと指先の一点を光らせながら、熟女は白い裸身を縮めては伸ばした。宝石の煌《きら》めきと、白い裸体の屈伸を見つめる貴彦の目には、また憑かれたような光が宿っていた。

「じゃあ、次は……これが最後です」

「エエーッ……それは」

四つん這《ば》いになれという貴彦の命令に、亜弥が非難するような声をあげた。

だが、四つん這いですと貴彦が再び言うと、熟女は床に這った。豊満な尻が、さらに丸みと豊かさを強調して、青年の方を向いた。

「そのまま左手でお尻を撫《な》でて」

首をねじ曲げた熟女が、また抗議するような目をしたが、すぐに頷いた。

「なんだか……羞《はず》かしいですわ」

しかし、亜弥の左手は素直に尻に向かって伸ばされ、亜弥はその手で自らの尻を撫でてみせた。白い尻に虹色の反射が映り、映ったまま動いていく。

「ま、まだお尻を撫でますの？」

熟女が切なそうに言うと、貴彦はやっとＯＫを出した。

「いろいろな仕草で、光り方が違うのはわかったでしょう？」

「ええ」

着衣を身につけ終えると、ようやく熟女は人心地がついた。

『あら、こんなに……』

亜弥はわきの下にたくさんの汗をかいているのを知った。

だが、体液に濡れていたのは、わきの下だけではなかった。

『こんなところが……いったい、どうして？』

意外なほど多量の淫蜜は、大きな羞恥を呼んだ。沈黙したまま、一人で赤くなっている熟女を貴彦はおもしろそうに眺めている。

「あの、どなたも……こういった審査をお受けになるのですか？」

「もちろんです……虚飾を捨てた体にまとってこそ、その石がその人にふさわしいかどうかがわかるのです」

青年は決まり文句のように並べ立てたが、それは嘘であった。『ペルソナ』には、さまざまな階層のさまざまな年齢の女性が会員として登録されている。それらの人々のすべてが、いま亜弥の受けたような「審査」を受けるわけではなかった。

しかし、他の人がどんな審査によって合格しているのかは、一人一人には知らされていない。亜弥のような目にあうのは、貴彦の気に入るような肢体と、美貌を備えた女性だけであった。

「では、指輪を外して」

「ハイ」

ダイヤの指輪を抜き取ったときには、もう青年はすぐそばまで来ていた。

「アッ……何を」

「これを貸してあげます……大事なものだから、大事な場所にしまってお帰りなさい」

気がつくと、はいたばかりのパンティが一気に引き下ろされていた。

「アッ……ダメッ」

ソファに押し倒され、秘部に貴彦の手が伸びると、亜弥は両足をばたばたさせてもがいた。

だが、貴彦は片手で熟女の動きを封じ、片手で秘唇を探っている。

「オッ……これは好都合だ」

「イヤッ……触らないでっ」

秘裂の淫蜜に気づかれた熟女の抵抗が急に弱くなっていく。

「フムッ……こんなに……」

「ウウッ……イヤヨッ」

秘裂に指を入れられると、熟女は完全に抗《あらが》いを止めてしまった。

「見られて、感じたのですね。あなたは感度がいいようだ」

「おっしゃっては、いやです」

淫汁を掬《すく》うように浅いところを浮き沈みする指に腰が応えて、熟女はうっとりと目を閉じている。

「ウククッ……」

ビクンと白い太腿が跳ねて熟女は小さな頂上を極めていた。避妊用のゴム製品に包んだ宝石を、熟女の秘唇が銜《くわ》えた瞬間だった。

「このまま、帰れますね?」

ウンウンと二度頷いた熟女は首筋までピンクに染まっていた。

「では、○月×日においでください。この次おいでになったときに、合否の結果をお知らせいたします」

青年の声に送られて店を出た熟女は、いつまでも疼《うず》く股間を少しもてあました。

秘部に異物を挿入されて街を歩く。普段の亜弥には考えられないようなことをさせられている。異常なときめきはタクシーを拾ってからも胸を鳴らし続けていた。

『まったく、こんなひどいことをさせて……でも、いいの。彼、ハンサムだし』

ときどき、スカートの上から秘部を軽く押さえる熟女は、あの貴彦のすることなら、何でも許せる心境になっている自分が不思議だった。


しかし、浮かれたようになって帰宅した熟女も、股間から宝石を取り出すと、冷静さを取り戻した。

「まったく、なんてことをされてしまったのかしら……」

貴彦の自分に対する異常な扱いを思い出して、我ながら呆《あき》れてしまう。

『あんなことをされるなら、会員にしてもらわなくてもいいわ』

あの日のことを思い出すと、羞恥と怒りでそう思いつめることもあった。

「でも、この輝き……そしてこの冷たさ」

肉体の狭間《はざま》に挿入されて運んだ宝石を眺めると、その決心も鈍りがちになる。

『会員になれば、これよりさらに美しい宝石をデザインしてもらえるかもしれない』

しかし、あの店をまた訪れると、どんなことをされてしまうかわからない。亜弥の心は揺れた。不安の元は、貴彦が何かしてくるだろうということではなく、その何かを自分が再び受け入れてしまうのではないかという点にあった。

朝起きると、亜弥は真っ先に宝石を手に取ってみる。冷やかに光っていた石は、亜弥の手のひらにのせていると少しずつぬくもりを帯び、煌めきを増してくる。

「でも、審査に通ったかどうかをお聞きするだけでも……」

その日が近づくにつれ、亜弥はそう自分にいいきかせるようになっていた。

2

車を帰した後も、亜弥は長いこと『ペルソナ』のドアの前を行き来していた。

「アッ」

ドアが開いた。突然のことで亜弥は身を隠す間もなかった。貴彦と視線が合う。

その瞬間、亜弥は思った。

『ああ、駄目だわ。あの目が……』

青年が黙ってドアを開くと、秋元夫人は魅入られたようにフラフラとなかに入った。ハイヒールの足がもつれて、貴彦が腕を貸した。

「あ、あの、お邪魔します」

亜弥の挨拶は間が抜けていたが、青年はにこやかに笑って、いらっしゃいませと言っただけだった。

「あの……」

亜弥が言い淀《よど》むと、貴彦が、審査のことですねと訊いた。

「ええ」

「通りました。おめでとうございます」

「フゥゥーッ」

膝から力が抜けて、亜弥はカウンターで身を支えた。青年の前で全裸になったこと。一糸もまとわぬ裸身に指輪だけを身につけてさまざまなポーズを取らされたこと。秘唇にダイヤの指輪を入れられ、そのまま帰宅するように命じられたこと。そのダイヤを見つめながら、審査の合格を祈ったこと。通らなければいいと思ったこと。さまざまなことが一気に胸を駆け抜けた。

「え、何ですの？　もう一度おっしゃっていただけませんか」

「これが会員証です。どうぞ、お納めください。それから……会員の方は展示品を、自由に手にとってご覧になって結構です。予約制ですから他の会員はおいでになりません。私は奥にいますので……」

なんだ、それだけなのか。拍子抜けしたような気持ちに襲われた熟女は背を向けた貴彦に、恨《うら》みがましい視線を向けた。

「あのォー……」

亜弥は思い切って、貴彦の背中に声をかけた。

「何か？」

「これをお返ししますわ……」

熟女がハンドバッグから指輪を取り出す。

「ああ、そうでしたね……」

微かだったが、貴彦が眉を顰《ひそ》めたのが、亜弥にはわかった。

「あの、何か？」

預かったものに疵《きず》でもつけてしまったのではないかと熟女は不安になった。

「ああ、いえ……なんでもありません。……ただ……」

「ただ……？」

「お持ち帰りになったときの宝石箱をお使いになるとよかったんですよね」

「まあ、そんな……」

また、あんな場所に指輪を入れて運んで来た方がよかったと言うのか。亜弥は自分の頬に血が昇っていくのがわかった。

「柔らかく、温かな肉で包んであげるとよかったんですが……」

「はあ……」

美青年の茶色がかった瞳で見つめられ、張りのある声でそう言われているうちに、いつしか亜弥もそうした方がよかったのだと思い始めてしまう。

「あなたの大切な宝石箱で、僕の宝石を運んで欲しかったのです」

「すみません」

亜弥は自然に謝罪の言葉を口にしていた。

「いいんですよ。この次から、注意していただければ」

「ハイ」

亜弥は、貴彦の優しい口調で諭《さと》されているうちに、本当に自分はとんでもない過ちを犯したのだと考え始めていた。

「この次は、必ずそのようにいたします」

とんでもない粗相《そそう》をしてしまった。自分はなんと迂闊《うかつ》だったのかと、熟女は悄《しょう》然《ぜん》とうなだれた。

「まあ、そう気になさらないで。ゆっくりご覧になってください」

青年はいつのまにか亜弥の傍に立ち、肩を抱いていた。

「あの……私……」

「なんでしょうか？」

鳶色《とびいろ》の瞳に覗き込まれると、熟女は少しの間目を伏せて黙った。

「どうしました？」

「お願いがありますの」

貴彦が再び覗き込むと、熟女はようやく口を開いた。

「会員になった者は、あなたに宝石のデザインとカッティングをお願いしてもいいのでしょう？」

「もちろんです」

「それでは、私、ダイヤをお願いしたいですわ」

「それでは……あなたに対するイメージを脹《ふく》らませるために、もう少しあなたのことを知らなければなりませんね」

言いながら貴彦は胸のうちでほくそ笑んでいた。美しい獲物が、罠を仕掛ける前に向こうから飛び込んできたのだ。

「では、こちらに……」

「ハイ」

先日裸にされた部屋とは、別の部屋のドアを指されると、熟女は躊躇なくドアを押していた。

「あら……」

部屋には、コート掛けと、ハンガー、籐《とう》の籠があるだけでほかには何もなかった。

「全部脱いで、その籠に入れてください」

どこかに埋め込まれているスピーカーから貴彦の声がした。

『やはり……』

予想していたことではあったが、亜弥の頬は薄赤く染まっていった。亜弥は白いブラウスに紺のタイトスカートと、PTAの会議に出掛ける母親のような装いであった。そんな地味な装いが、かえって抑えた熟女のエロスを強く引き出していた。

シルクのブラウスの前を開くと、おとなしいベージュのブラに包まれた乳房が露わになった。

「あ、その下着はつけていていいです。ストッキングは脱いで。その……小さなスキャンティもつけていていいです」

どこかにカメラもあるらしい。ガーターをつけていることを知った青年は、ガーターはつけたままでと言った。地味な亜弥の着衣のうち、その日もっとも強く主張していたのは白のスキャンティだった。それはほんの一握りほどの布きれで作られていて、サイドを紐で縛るタイプのものだった。

そして、そのスキャンティよりもさらに強い主張を見せているのが、それに包まれた白いお尻であった。ほんのわずかな部分しか覆われていない白い双球は、脱いだスカートを亜弥がハンガーに掛けている間も、ブラウスを掛け終えてからも、フルフルと柔らかく揺れていた。

「さあ、胸も出して」

言いながら部屋に入ってきた貴彦は、先日と同じように白衣をまとっていた。

「ハイ」

フロントホックのブラジャーを亜弥が外すと、量感をたたえた乳房が露わになった。

「これは、僕が外してあげましょう」

「そんな……自分で……」

だが、熟女の白いスキャンティの紐は青年が手早く解いてしまった。

「キャッ、羞《はず》かしいですわ」

漆黒《しっこく》の茂みを熟女は両手で覆ったが、覆うべきものは別にあった。熟女が隠すのを忘れている豊かな丸みを貴彦は視界のなかにとらえていた。陶器のように艶やかなお尻は、青年の凝視を受けているのを知らぬかのようにユサユサと揺れている。

「あの、これは？」

白い尻とむっちりした太腿を飾るガーターを差して亜弥は尋ねた。

「アクセントに残しておきましょう。イマジネーションが広がっていきそうですから」

「そうですの？」

ベージュのガーターとハイヒールだけを身につけた熟女の体は、青年の鋭い視線を受けて、羞かしげにくねった。

「こちらへ」

入口は見落としてしまいそうな小さなドアであったが、この店の奥行きは広かった。最初に通された部屋は、更衣室というか、脱衣所にすぎなかったらしく、亜弥はさらに次の部屋に通じる扉を示された。

「あらっ……これは……」

何をするお部屋ですの？　と尋ねた亜弥の声は早くも不安の色を帯びている。

「あなたを知るための部屋です」

だが、太い柱を組み合わせた十字架や、革のベルトのついた鎖を垂らした横木などがある部屋は、その道具の使い方も呑み込めぬ亜弥にも強い不安を呼んだ。

「あ、あれは何ですの？」

「あれは鞭《むち》です。あなたを打ちます」

「そ、そんなあ」

壁に掛かった幾種類もの鞭。その鞭で打たれるのだと言われると、熟女は身震いが止まらなかった。白い太腿の上で、ガーターの吊り紐が小刻みに揺れている。

「どうして？」

「こちらに来て……」

どうして鞭で打たれるのかと尋ねる熟女に明確な答えはせず、青年は壁に掛かったホワイトボードの前に立った。

「宝石は、量産されるべきものではなく、歴史的に見ても、各人の個性や人格に応じて作成されるべきものなのです」

マーカーで貴彦が、「個性、人格、宝石」と板書する。

「ああ、それでペルソナと……」

熟女は青年の講義に感心している。

「ですから、宝石やその他のアクセサリーを作成する者は、己れの芸術性と相手の個性とに立脚した作品を心掛けるべきである」

亜弥は裸であることも忘れて貴彦の話に聞き入っている。

「この際、大切なのは、作成者が着用者の個性を十分に把握することである」

フンフンと白い顔を何度も振って、熟女は感心している。一見、筋の通った正論に聞こえる話であった。

だが、それは貴彦の詭弁《きべん》にすぎなかった。亜弥はそれにまったく気づいていない。

「したがって、今日は秋元亜弥さんの個性・人格といったものをオープンにしてもらう必要があります。ぜひ、虚飾を取り去った亜弥さん本来の自分というものを見せていただきたい」

貴彦がそう話を結ぶと、すっかり洗脳されてしまった亜弥は、拍手さえしていた。手を打つたびに、白い乳房が揺れている。

「まあ、先生、素敵なお話を有難うございました」

「いや、持論ですから」

亜弥はうっとりとしている。

「さあ、それでは……」

「何からなさいますの？」

熟女の顔から不安は消えていた。いそいそと青年の後について回っている。

「では、ここに来て」

それは洗濯竿《ざお》のように横木を渡してある場所だった。

「素敵な乳房ですね」

「ウッ、アンッ」

重たげに脹らんでいる乳房は、硬く張っていて、下から持ち上げられるとジーンと痺《しび》れた。甘く、心地よい痺れであった。

「オヤッ……ずいぶん尖った乳首ですね」

「ウヒーッ」

裸を命じられたときから痼《しこ》っていた乳首をピンと弾かれて熟女は飛び上がった。

「ウヒィッ……いたーい」

さらに片方の乳首も指で弾かれると、熟女は叫んだ。

『ウウッ、痛い。痛いけど、感じてしまうわ……アアッ、また指がっ……どうしてそんなに感じているの？』

交互に乳首を責められると、体の芯が熱くなってくる。亜弥は自分の乳首にどうして感じるの？　と問いかけてしまいたいほど心地よかった。

「イヤーン……もう」

亜弥は、甘い痺れに全身を包まれて目を閉じた。

「ウギャーッ……あつーい、熱いっ」

突然乳首が焼けるように熱くなった。

「アアッ、いたーい、痛いっ、痛いっ」

目を開けて、乳首が金属性の洗濯ばさみに噛まれているのに気づくと、熱さは痛みに変わった。

「ヒィッ……ダメッ、ヤメテッ……ああっ……おやめになって」

左の乳首にも、洗濯ばさみが近づくのを見ると亜弥は必死の形相になった。そんな恐怖を湛《たた》えた表情でさえ美しかった。

「ダメッ……お願い、お願いーっ、ウギャーッ、痛いっ」

庇《かば》った腕は払われ、可憐な乳首を凶器が噛んだ。

「いいよっ。なかなかいい表情だ」

苦痛に歪む熟女の美貌を青年が見下ろして嬉しげに叫んだ。

「ど、どうして……こんな……？」

「さまざまな表情を見てイメージをふくらませるために……これは題して〝苦痛〟」

「そんなっ、いやです……もう許して」

「駄目です」

「どうして……なぜなのです？」

「本当のお前が求めているから」

「そんなっ……嘘です。ヒィッ、もうヤメテ……おやめになってください」

だが、股間の異変は貴彦に指摘されなくても亜弥にはわかっている。

「ヒィッ……お願い……許して」

身動きすると、鎖に繋《つな》がれた洗濯ばさみが容赦なく乳首を責めつけてくる。

「邪魔な手は、こうして……」

「アアッ……そんな縛らないで」

だが、瞬《また》く間に後ろ手にした両手を青年が縛り上げてしまう。

「ウヒッ……アウーッ」

中腰で後ろに手を回したまま、熟女は乳首を吊られている。

「アアッ……そんなっ……これ以上私を……虐《いじ》めないで」

貴彦が壁から鞭を外すのを見て、亜弥がまなじりを吊り上げた。

「イヤーッ……鞭はっ、堪忍してーっ」

貴彦が背後に回ると、亜弥は縛られた両手で尻を庇おうとしたが、届かなかった。

「ヒイッ」

鞭が空を切る音を訊いただけで亜弥は短い悲鳴をあげたが、炸裂したのは、悲鳴の後だった。パシッと革が肉を打つ音と、ギャッと熟女が飛び上がるのとが同時だった。

「ギャーッ……オ、オッパイも」

鞭を逃れようとすれば、鎖に繋がれた乳首が血の出るような苦痛を訴える。

「お尻をお出しなさい。でないと胸も打ちます」

右に左に逃げる白い尻に向かって貴彦が言った。

「ハ、ハイ」

中腰で突き出された尻は、幾筋かの赤い鞭の痕を留めていたが、十分に白く、豊かな張りを見せていた。

「ウギャーッ、キィィーッ」

革の鞭が振り下ろされるたびに、熟女の口から悲鳴があがる。ハァハァと悲鳴の合間に肩で息をする熟女は、白い額に大粒の汗を浮かべていた。

「いい顔ですね」

言われて顔を上げてみると、前の壁は、全体が鏡になっている。

「まっ……」

尻を鞭に打たれて歪めた顔を、ずっと貴彦に見られていたのがわかると、亜弥の顔が朱を刷《は》いた。同時に体じゅうがカッと熱くなる。

「ウヒィッ……ヒィッ」

若者に打たれて高い悲鳴をあげる熟女は、なぜか制止の言葉を口にしなくなっていた。

「ウウーッ……アムムッ」

じっと、鏡のなかの己れの裸身を見据え、呻《うめ》くような声をあげて尻を打たれている。

『なんて、哀れな……』

白い乳房を鎖に繋がれ、豊かな尻を鞭打たれている自分。その姿は苦痛に満ち、酸鼻《さんび》を極めている。いや極めているはずなのだ。

『なのに、これは何？』

こみあげてくるものの正体に女は戸惑っていた。鏡のなかの自分を見たとたん、苦痛の向こう側に隠れていたものがいきなり顔を覗かせたのだ。

「アアッ……どうして、こんなに……」

感じてしまうのと訴えた熟女の声は、戸惑いと不安、そして期待を隠していた。

「アア、ヘンよッ、ヘン……変に……」

思えばそれは、小さな桜色の乳首を洗濯ばさみに嚙まれた頃から兆《きざ》していたものだった。その歓喜とおぼしい情感は、尻を差し出し、鞭を当てられたときから急速に脹らんできていた。そして、鏡のなかの自分を見たときに一気に正体を露わにしてきたのだった。

「アウッ……お願い……前も」

熟女はおびただしく茂みを濡らす恥蜜を意識しながら、乳房を打ってくれと訴えた。

「それでは……」

ますます自分の意図する方向に女が向かっているのを知ると青年はニヤリと嗤《わら》った。悪魔的な嗤いであったが、熟女の大きな尻が鏡に映る前に隠してしまっていた。

「ウギャッ……」

胸に鞭を受けた熟女は猟人に撃たれた獣のような声をあげた。

「ウッ、ウウーッ」

身をのけ反らせると、鎖に繋がれた乳首が思いがけないほど伸びて、形のいい乳房がいびつに歪《ゆが》む。

「アヒィーッ、ヒィィーッ」

高い悲鳴をあげる亜弥の総身をゾクゾクするような悦びが駆け回っている。

『よすぎる、感じすぎるわ。こんなことって……』

歓喜は、それまで味わったことのない性質のものだった。それは、剝き出しになった神経に直截《ちょくせつ》的に訴えるような悦びであった。

「アウッ……感じてしまいます……アン」

これまでにない激しさと深みを持った快感に翻弄《ほんろう》されながら、熟女は何度もそれを口走った。

「お、お願いです。とどめを……刺して」

再び嚙った青年が鎖を解き放つ。ジンジンと血が通い始めた乳首からはさら強い疼きが伝わった。

「脚を開いて」

貴彦が短く命じると、女は打たれる場所がわかったのか、長い脚を開き、その場所を突き出した。

「ウギャーッ」

淫汁をしたたらせる秘唇にピシッと鞭が当たるのと、熟女の裸身が激しく痙攣《けいれん》するのとが同じであった。

「ヒィッ……イクッ……イクわっ」

むっちりと白い太腿を何度も震わせてくずおれる熟女を青年が抱きとめた。青年の腕のなかでも、亜弥は何度か昇った。腕のロープを解かれても、亜弥の興奮はなかなか鎮《しず》まらなかった。洋服を許されても、スカートのファスナーが止められないほどであった。

「この次は、別の顔を見せてもらって、多様なイメージを模索しましょう」

「次もあるのですね」

頷いた亜弥のお尻を青年の手がスカートの上から強く握った。

「アッ、ダメェッ……」

甘い歓喜がよみがえって、熟女は目を潤ませた。赤い顔をして戻ってきた亜弥を迎えにきた運転手が怪しんだ。

3

亜弥は、鞭の痕が消えるのが待ち遠しくてたまらなかった。

「そのお尻が、また真っ白になったときですね」

この次はいつなのかと見上げた熟女に、長身の美青年はそう答えたのだった。

「早く……消えないかしら……」

亜弥は、幾筋もの鞭の痕が青黒く交差する尻に、盛んにクリームをすり込んで手入れしている。

「そうだわ……」

外国製の高価なパックを尻全体に施《ほどこ》した日もあった。

「まあ……いやね」

高価なパックを大きな尻にまんべんなく塗ると、顔の十回分は必要だった。亜弥は今さらながら自分のお尻の豊かさに驚き、そして顔を赤らめた。

だが、こうした亜弥の努力が実り、あれほど厳しく鞭打たれた双臀に、元の艶やかさが戻ってきた。

「それにしても……」

顔の十倍以上の広さを持つ豊かな双臀を鏡に映して亜弥は溜め息をついた。なんと大きな尻であることか。

だが、鞭打つ間も、鏡のなかの亜弥を覗き込むときも、貴彦は亜弥の尻を誉め続けたのだ。

「いいお尻です」

「イヤッ……大きいわ」

「表情の豊かなお尻です。これくらいはイタリアでは普通です」

外国で長く暮らした貴彦は、ヨーロッパの女性のような豊かな尻が好みなのかもしれない。

「でも、あたしは日本人ですわ」

「いや、身長はイタリアの女性に近い」

たしかに亜弥の大きなお尻は、上背のある立ち姿によく調和していた。

「要はバランスですよ」

大きな尻を恥じる亜弥に向かって、青年はその尻を誉めちぎった。もちろん、その合間に亜弥の美貌にも言及することを忘れず、尻打ちの手を休めることもなかった。


「あの、痕が消えましたけど……」

「明後日にまたいらしてください」

「ハイ。よろしくお願いします」

貴彦の電話の声を聞いただけで、熟女は下着を濡らしていた。

しかし、間に二日入れられたことで、亜弥のなかに焦燥《しょうそう》と疑惑が生まれる。

あった。

『その間にも……どなたか別の人と……』

別の女性と「イメージを脹らませて」いるのではないかと思うと、亜弥はチリチリと胸が焼けるような気がした。本当の嫉妬というものを知らされた思いであった。

『早く会いたい。会ってお尻や乳首を……厳しく……』

そこまで思って亜弥はハッとなった。自分がひどくあの責めに陶酔したことが思い出されたのだ。思い出しても赤くなるほどの乱れ方であった。

『でも、あの方は……着ているものを……』

ガーターと靴しか身につけていない亜弥が裸身を震わせて昇りつめたというのに、貴彦は亜弥に挑もうとはしなかった。乳房も尻も茂みの奥の秘部さえ晒《さら》して身悶える亜弥をただ凝視するだけだった。

『そんなっ……』

あの日、自分の裸身に触れたのは、革の鞭だけだったことを思い出すと、熟女は愕然《がくぜん》となった。そして、少し悔しかった。亜弥も、二十代と変わらぬ体型の自分の体にはいささか自信があった。その亜弥の裸身を見ても、乳房を虐《いじ》め、尻を打つことしかしなかった貴彦を物足りなく思った。

『いいわ。今度こそ……鞭で打たれ……』

乳房を責められ、鞭で打たれた後の熱い体に、もっと熱くなった彼のものが打ち込まれるに違いないと亜弥は思った。

「まあ、いやだわ……こんなことを想像してしまうなんて」

亜弥には、鞭に刻まれて真っ赤に染まった尻を青年の手で抱かれる自分をはっきりと想像できた。しかし、その想像している自分が、ひどく羞かしかった。と、同時に自分が貴彦の嗜虐《しぎやく》にいつのまにか惹きつけられてしまっていることも知らされた。

ところが、次に『ペルソナ』を訪れようとする亜弥に対して、貴彦はまったく別のイメージを想定していた。

「この前の服でいいです。ただし……」

「そんな……運転手が……」

ただし、スキャンティは家に置いてくるのだと青年は命じたのだ。

「運転手がスカートのなかを覗くわけでもないでしょう。それに……その日は……」

その日は、地下鉄で来るようにと貴彦は強い語調で言った。

「でも、パンティもなしで……そんな……無理ですわ」

下着をはかないまま、混みあった地下鉄に乗って、駅からは貴彦の店まで歩いていく。考えただけで亜弥には立っていられないほどの衝撃であった。

「いや、そんなっ、羞かしい」

「だから、いいのです」

「できませんわ……お願い、別の条件を出して……」

「いいえ、できます」

明日は『ペルソナ』に出掛けるという日に突然電話してきた青年は、言うだけ言うと、突然電話を切ってしまった。

「困ったわ。困った……どうすれば」

ノーパンで外出するなど、考えただけでも顔から火が出るくらいの行為であった。

しかし、従わなければ、それを命じた貴彦をどんなに怒らせることになるか——。

「ああ、せっかく……」

お尻の鞭の痕が消えたというのにと亜弥は考えあぐねた。

「致し方ないわ」

迷った末に、熟女は結局下着をはかずに家を出た。

「地下鉄の駅でお友達と会うから車はいいわ。それから『ペルソナ』に寄っていきますから」

「それでは駅まで……」

「いいの。歩いていくから……」

初老の運転手の訝《いぶか》しげな視線さえ、スカートのなかを凝視しているような気がした。そ知らぬ顔でいってらっしゃいませとお辞儀をしたが、本当は亜弥がパンティをはいていないことを知っているのではないか。亜弥の疑心暗鬼にすぎないのだが、とにかく早く見えないところまで行ってしまいたい。そんな気持ちで亜弥は足を急がせた。

駅に近づき、人通りが多くなるにつれ、亜弥の不安は大きくなっていった。この駅にいるすべての人が亜弥のスカートのなかの真実を知っているような気がしてならなかった。

『違うの。私はそうじゃないの。命じられて、仕方なくしていることなのよ。本当はパンティだってたくさん持っているし、私だってはいていたいのよっ』

叫びだしたい衝動に耐え、亜弥は下を向いて電車に乗り込んだ。

『まったく、こんな羞かしいことってないわ……ひどい人』

胸のうちで、貴彦と貴彦が与えた羞恥を呪いながら、亜弥はすいてきた電車に立ち続けた。座ると、スカートのなかが見えてしまうような気がして恐いのだ。

「こ、こんにちは……ああ、羞かしかったですわー」

『ペルソナ』に着くと、亜弥はその場に座り込んでしまった。

「でも、それだけじゃなかったでしょう」

「え？」

怪訝な表情をして見せたが、亜弥にもそれだけでないことはわかっている。あのパンティなしでいることを誰かに知られるのではないかという不安と羞恥は、思いがけなく亜弥の体内に奇妙な快感を醸《かも》していた。

「羞かしいことは……気持ちのいいことだったでしょう？」

「え……ええ」

ヌルヌルと恥蜜のからまる内腿を気にしながら、亜弥は正直になった。

「では……」

「ハイ」

亜弥はスカートを脱いだ。丸く、大きな尻がすぐに露わになった。豊かな尻からは、あの鞭の痕は消えており、目を射るほど白く輝いていた。

「ガーターと靴だけ」

「ハイ」

裸身の肩を竦《すく》めるようにして熟女は青年に続いた。

「今日も、ここへ」

以前に乳首を繋がれた横木の少し手前に亜弥は呼ばれた。

「まあ……」

前回は、いきなり乳首を責められて気づかなかったが、大きなベッドがあった。

「そこに……」

ベッドに上がると、枕元には、二本の鎖が取りつけられていた。鎖の先は黒い革のベルトがついている。

「四つん這いになって」

亜弥は貴彦の意図がわからぬ不安を抱えたまま、無防備な姿勢になった。それは青年の前に尻を突き出す、屈辱的な姿勢でもあった。

「アアッ……何を？」

突然貴彦の両手が白い尻朶《しりたぶ》を二つに分けると熟女は高い声をあげた。

「やはり初めは……」

ひとりごちると、貴彦は前に回って鎖を摑《つか》んだ。

「な、何をするんです？」

ジャラジャラという金属の擦《す》れる音が亜弥の不安を誘った。

「こうするんです」

貴彦は、熟女が呆気にとられているうちに手際よく革のベルトを両の手首に固定した。これで亜弥の両手は鎖に繋がれてしまった。

「ど、どうして？」

「オッパイを繋がれた方が感じてもらえましたか？」

「いえ……そんな」

乳首を責められ、尻を打たれて昇りつめたことは、毎日思い出される羞かしい記憶であった。あのときの痴態を口にされるのはひどく羞かしいことだった。熟女は朱に染まった顔を背《そむ》けて沈黙した。

「さ、素敵なお尻をもっと高く上げて」

イタリア仕込みの軽口をたたきながら、貴彦は、豊満な尻をピシャピシャと叩く。

「ハ、ハイ」

まだ貴彦のすることが予測できぬ白い尻がおずおずと差し出されてくる。

「ウクッ……そこだけはっ」

アナルに貴彦の長い指がのせられると、熟女は慌てた声をあげる。白い尻が右に左に青年の手を振り切ろうと強く振られている。

「き、汚いですわ。そこはおやめになって……イヤッ、そんなっ……ククッ」

ベッドから逃げ下りようとした亜弥は、自分が鎖に繋がれていることに気づかされた。

「ダメッ、駄目ですからっ……そんなところはっ」

豊満な尻が激しく左右に逃げ回るが、貴彦の指はアナルをとらえている。

「イヤッ……羞かしいから……ヤメテエ」

甲高い悲鳴をあげて尻が揺れるが、貴彦の指はグイッとアナルを押した。

「ヒャーッ……そんな……」

だが、柔らかくマッサージされているうちに、硬く窄《すぼ》んでいたアナルに血の色が通ってくる。

「ヒィッ……おやめくださいって、アア」

充血の度を加えた肉襞《にくひだ》は、一つ一つが艶やかに輝きを見せている。亜弥にも、アナルの肉襞が、しだいに開いていくのがわかった。

「ウウッ……なぜっ、どうにかなってしまいそう」

肉襞の変化は、熟女の内部の変化の象徴でもあった。

『どうして……どうしてなのっ？』

この前責められた乳首に問うたように、熟女はアナルに問いかけていた。どうして感じてしまうのかと。どうかお願い、感じたりしないで。

しかし、青年の指に明らかに亜弥の肛門は応えている。

「ウヒィッ……アムムッ……どうか、指を離して。もう、……ヒイッ……アナルに触らないで……アンッ」

気持ちよくならないで。そんなところを弄《いじ》られたからって感じないで。亜弥は必死で念じたが、アナルはますます敏感に貴彦の指に操られている。

「ウククッ……ハァッ……イヤーン」

肉襞を揉みほぐすだけでなく、指先がアナルを押し入って浅く侵入してくると、亜弥のアナルは、持ち主の言葉に反して、これを楽々と受け入れてしまう。

「ハァッ……ダメ、気持ちいい……指でされると感じてしまいますの……お願い、乱れてしまうから……ヒッ」

クイッと第一関節あたりまでを銜えさせられると、アナルがキュウキュウと締まって悦ぶのがわかる。

「ヒィッ……アナル……アナルッ、やめないで……アナルゥーン……イヤーッ」

「いい顔ですね」

アナルを責め始めてから初めて貴彦が口を開いた。

「ああ、また鏡。アゥンッ……ヒィッ」

ベッドは壁一面に取りつけられた鏡に直角に置かれていた。四つん這いになった熟女の顔はもちろん、顔の向こうに見える双臀も、亜弥の目の前の鏡の壁は映しだしていた。

「ウウッ……なんて羞かしい……でも、感じてしまうのです」

亜弥は、鏡から目を逸《そ》らした。アナルを蹂躙《じゅうりん》されている自分の顔に喜悦の表情を見たからだった。眉を顰《ひそ》め、嫌がっているように見えるその顔は、同時にこみ上げる歓喜に明らかに応える顔でもあった。

「ウヒィッ……そんなに指を銜えさせられたら……アアッ……でも、いい」

目にしみるほど白かった尻が、今では薄桃色に染まって自らの感受性にひどく羞じ入っていた。

「ヒィッ……また私だけをっ……」

ひとり喜悦の繚乱《りょうらん》に追い上げられる恨み言を口走りながら、熟女はやってきた官能の嵐に身を任せていた。


「それでは、これから浣腸をします」

「カンチョウって？」

股間をシーツに擦りつけて腰を震わせていた熟女が我に返ったところで、貴彦が静かに言い放った。

「浣腸は浣腸で、これが浣腸器です」

よほど驚いたのだろう。どうしてそんなっと熟女は身を震わせて小さく叫んだ。

「今日のテーマは、羞恥ですから……あなたの羞かしがる仕草や表情をたっぷり見せてもらうことが必要なのです」

「イヤッ、嫌です……そんなことっ」

「嫌でも……します」

「ヤメテッ……しないで……そんなっ」

「このガラスの浣腸器でたっぷり薬を飲んでもらいます。そして、お腹のものを全部出し切ってしまえるまで我慢してもらいます……さらに……」

「イヤーッ、おっしゃらないで。そして、お浣腸しないで……」

だが、これ以上の蹂躪をアナルに受けるとわかった熟女の目はすでに潤んでいた。

「では、全身の力を抜いて……大きく息を吐いて……」

「アアッ……どうしてもとおっしゃるのね……ウウーッ」

白い頬を涙が伝ったが、貴彦は表情を変えなかった。

「もっと高くっ」

ビシッと尻朶が打たれると、熟女はグイッと尻を高く差し出した。

『あらっ、私ったら……』

貴彦に命じられると、条件反射のように尻を高く捧げてしまう自分が情けなかった。

しかし、亜弥の豊満な白い尻は、退くことなく彼の前に位置を決めている。さらなる蹂躙を待って微かに揺れる尻には、なぜかその豊かさを誇り、白さを自負する表情に満ちていた。

「では……」

長い脚を畳《たた》んで、四つん這いにされた尻は丸みと豊かさを強く主張して青年の責めを待っている。

「ウウッ……」

ガラスの嘴《くちばし》が刺さると、熟女は眉を寄せて呻く。

「ヒィッ……きつい」

彼の指よりは細いはずだった。見せられた凶器を目の端でとらえたときに、最初に亜弥はそれを思ったはずであった。

しかし、ガラスの無機質な冷たさと無表情の硬さがひどく惨めな思いを誘って、熟女は声をあげた。

「ウウッ……お薬が……」

だが、ガラスの嘴よりもっと冷たい薬液が注がれると、熟女は声を出さなかった。声をあげると大声で泣き出しそうな気がしたからだ。熟女は歯を食いしばって声を殺した。

『ウッ？　ウウッ！　こんなに……早く』

薬液の効果が明らかになると、食いしばっていたはずの歯がカチカチと鳴った。

「ウウーッ……冷たいー。まだお薬を飲まされるのですか？」

「ええ。このサイズのお尻なら、もう一本くらい」

「堪忍《かんにん》してください。もう、亜弥のお尻は飲めませんわ」

「そう言わずに……この僕が勧めているのに飲めないってことはないでしょう」

「そんなっ……イヤッ……死んでしまう」

貴彦が浣腸器に薬液を充たす気配がすると熟女は精一杯首をねじって訴えた。

「お、お願い……亜弥のお尻は、もう出してしまいそうなのですから……お薬を飲ませないで」

「駄目です」

「ヒィーッ……殺されるっ」

下腹部の圧迫感が強まるなかで二本目が刺された。

「ウクク ッ……ヒィッ……」

ジリジリとアナルが灼《や》ける。

「ウヒッ……こ、こんなときにっ」

浣腸器の嘴で擦《こす》られるアナルが快感を伝えてくる。

「ククッ……ヤメテ……もう虐めないで」

まだ薬液を充《み》たしているはずの浣腸器でキュキュッと肉襞を擦られると、排泄感とは別に、強い快感が痺れのように腰骨に伝わってくる。

「ヒィッ……ヤメテッ……もうお薬、お薬を入れて……早くお尻に飲ませて」

排泄感と交互に襲ってくる快楽の波に、熟女は脂汗の浮く額を大きく振って哀願した。

「クゥーッ……キィッ」

再び開始された浣腸液の注入に、亜弥の白い背中が丸くなっていく。

「ウウッ……早く、早くなさって」

注入されたグリセリンと、内部で溶けた排泄物とが腸壁のなかでぶつかると、腹の奥がカッと燃えるように熱くなる。熟女は必死で貴彦をせかした。

「ウヒッ……アムムッ……お、おトイレはどこですっ」

浣腸器が引き抜かれると、暗紫色の肉襞が外に捲《めく》れて、堪《こら》えているものが出てしまいそうになる。

「トイレはここです」

「そんなっ……ウウーッ」

貴彦が示したのは、ペット用のトイレであった。〈ポチのトイレ〉と書かれたそれを見ると、亜弥の顔に大粒の涙が流れた。額には汗をかいているのに、紙のように白い顔色をしていた。

「いやなら垂れ流してもいいんですよ」

「ウヒーッ、ヒィーンッ」

幼い子供のような声をあげて熟女は泣きだした。

「亜弥をおトイレに行かせて」

「トイレはそれです」

「エーン」

泣き声とともに、イヤイヤをする身振りも童女のようにあどけない仕草になっていた。

「ウウーッ……」

「泣いても駄目です」

「く、鎖を外してください」

貴彦が革のベルトを外すと、熟女はゆっくりとベッドを下りた。下腹に手を当て、そろりそろりとペットのトイレに近づいていく。白い小粒の石を敷きつめたトイレを跨《また》ぐとき股間の翳《かげ》りがちらりと覗いた。

「ウウーッ……あの……」

大きな声も衝撃となるのか、熟女は囁《ささや》くような声で言った。

「あの……出ていってくれませんか？」

「どうしてですか？」

貴彦が尋ねる。

「どうしてって……そんな……羞かしいからです」

「それでは……出ていくわけにはまいりませんね」

「そんな、ひどいわ……どうしてですの？　わけを……」

「羞恥がテーマだから」

「そんなっ……ウウッ……アーッ、見ないでっ、見てはイヤッ」

ひときわ高い泣き声とともに美しい熟女に破局が訪れた。

この次は、パンティを許してあげます。その代わり浣腸を自分でして来るのですよ。次のテーマは〝陶酔〟ですから。

4

「いったい何をなさるのかしら？」

貴彦の言葉に素直に頷いた亜弥であったが出掛ける間際になっても、やはり貴彦の意図は摑めなかった。

「アアッ、いったいどうなってしまうのかしら？」

亜弥は『ペルソナ』のドアが見えるところまで来ると、呟《つぶや》いてしまった。ハンサムな青年は知的な風貌にもかかわらず、やることが破天荒であった。

「いつもくたくた」

貴彦のいいように弄《もてあそ》ばれた亜弥は、いつも帰宅すると、ひどい疲労を覚えた。

「だけど……しあわせ」

くたくたに疲れた体の芯がすっきりと幸福に満ちているのも事実だった。

「でも……」

今まで知らなかった甘美なものは、どこか背徳の彩《いろど》りを帯びていた。

『理恵もあんなことをされて……つまりメチャクチャにしてもらったのかしら？』

亜弥はときどき、『ペルソナ』の存在を教えてくれた、かつての学友のことを思い出す。

「でも、もう……」

いろいろ考えても、もう貴彦を忘れることはできないだろう。そして、もう理恵とも以前のようなつき合いはできぬであろう。亜弥は、かつて貴彦の顧客を思ったときに生じたジェラシーの激しさを思い出していた。

『理恵もイメージを脹らませて、デザインしてもらったのね、きっと』

いったいこれからどうなるのだろうかと呟いて亜弥は歩みを早めた。今の亜弥に明らかなのは、今日も貴彦の言いなりになってしまうだろうということだけであった。

「何をされるのかしら？」

いずれにしても、貴彦の命令には自分は従ってしまうのだし、従った後には、夢のような幸福に満ちた悦びがあるのだ。

「やあ、今日も美しい」

「いやですわ」

欧米の男たちのようにあけすけに誉め言葉を口にする貴彦を熟女は眩しそうに見た。

「いや、本当に美しい」

着ているものを脱ぎ、白い裸身を晒すと、青年はいつもこの体を感心したように見つめて、ボディも美しいと呟く。

「そんなに見ては駄目」

茂みと乳房を隠しながら、亜弥はハイヒールを鳴らしていつもの部屋に駆け込む。

「前にも言いましたが、今日のテーマは陶酔です」

「ハイ」

亜弥はホワイトボードに貴彦が書いた陶酔という文字を見つめて頷いた。

「では……」

貴彦が目で示すと、亜弥は頷いてベッドに上がる。

「お尻をお見せするのでしょうか？」

「そうです」

四つん這いになった熟女の豊かな白い尻がゆっくりと迫《せ》りだして、貴彦の前で止まる。

「済ませてきましたか？」

「ハイ……一〇〇〇ccで二回いたしました」

「点検します」

ハイと頷いた熟女が胸を伏せ、やや腰をひねる。白い乳房を歪むほどシーツに押しつけて亜弥は白い尻を一層高く差し出した。

「グッ……アアンッ」

軽くアナル・マッサージを施した指は、予告もなしにグイッとアナルに入ってきた。

「クゥーッ……深いーっ」

長い指はかなり奥まで入ってきて、熟女は目を潤ませた。

『アッ……イヤッ、もう来たなんて……』

アナルで感じてしまっていることをどうか知られませんようにと祈ったが、貴彦はすでにそれを見抜いていた。

「はい、きれいにしてありますね。それに感度もいい」

亜弥は何も言えずに真っ赤になった顔を伏せた。

「では……今日はこれを使います」

「あら……」

赤くなったが、亜弥でもバイブレーターのことくらいは知っている。かつてひと回り年の違う夫が用いてみたいと見せたことがあったからだ。

「お断りします」

亜弥はキッパリと断り、以来寝室を別にしていた。

しかし、青年が鏡のなかに映してみせたのは、先端が小指よりも細いバイブであった。根元は普通の淫具に近い太さを持っている。

「どうしてそんなに先が細いんですの？」

亜弥は、夫には断ったが、貴彦の手でそれをされるのなら、この身に挿入されてもいいと思っていた。

「どうして細いのかわかりませんか？」

「アッ、それはっ……」

アナルに入れられるのですかと潜めた声で熟女は訊いた。できれば違っていて欲しいと念じている顔だった。

「当たりです。では、これで……」

「ま、待って……そんなっ……お尻にだなんて……前で許してはいただけませんの？」

「考えておきましょう……でも……」

でも今はアナルですと貴彦が言うと、熟女の顔に恐れたような表情が走った。アナルを嬲《なぶ》られるのを恐れているのか、嬲られて乱れることを恐れているのか、亜弥自身にもわからなかった。

「アナルは……」

何か言いかけたが、熟女は結局黙った。あきらめたような、何かを許すような笑みが唇の端を掠《かす》めた。

「いいお尻です」

貴彦がピシャピシャと叩くと、よく躾けられた大きな尻は、高く突き出されて先端の位置に戻った。くの字に曲がった白い背中といびつに押しつけられている乳房が、熟女の従順を示している。

「アウーッ……」

浣腸を施してきたばかりのアナルは少しヒリヒリしたが、指先で開かれても、熟女の熱く疼きつづける腰は逃げなかった。

「ウヒッ……どうか指は……」

アナル・マッサージを施そうとすると、豊満な尻がフルフルッと振られて貴彦の指から逃れた。

「ど、どうぞ……それを」

指先で嬲られることより、バイブの挿入を熟女は求めた。アナル・マッサージをしてもらえば、呑み込むのが楽になるとはわかっていたが、それでは貴彦の前に、二度も痴態を晒すことになってしまうであろう。

『そんな……私ばかりが……』

いつも亜弥を責め立てるばかりで、ご自分は白衣を脱ごうともなさらないなんて、この体を抱いてみたいとはお思いにならないのかしら。ナイスバディと何度もおっしゃるくせに……。亜弥は少々貴彦を恨みがましく思っていた。それだけに、彼の手で何度もイカされるのは羞かしく、彼の冷静な対応はつらく感じられるのだ。

「では……」

そんな亜弥の心境を知らないのか、貴彦はアナルバイブにローションを塗っている。

「グッ……」

浣腸器の嘴を銜えさせられたときのような、無機質の硬さがアナルを襲った。

『アア……駄目だわ……堪えられないわ』

同時にアナル特有の直截的な刺激が腰骨を震わせ始めると、熟女は絶望的な表情を見せた。

「そんな……早い……」

少しでも壊滅を免れたいと願っていたのにもかかわらず、グイッと肉襞を擦られただけで亜弥のアナルは敏感に反応している。

「ウウーッ……それは少し待って。アウーッ……退かないで」

奥深く入ってきた淫具がゆっくりと引き抜かれると、白い尻が引き止めてこれを追っていく。

「ダ、ダメエーッ……ウウッ」

内容物のほとんどない腸の奥深いところまで細いバイブが責め立てる。

「ククッ……ヒィッ……つらい」

つらいのは、バイブの挿入ではなかった。必死で昇天を堪えるのがつらかったのだ。

『そんなっ……なんて淫らなお尻なのっ』

責めが始まって、まだそんなに経過していなかった。なのに、亜弥のアナルは、早々と音《ね》をあげて、あの悦びを迎えに行きそうなのだ。熟女は、できるなら、もう少し持ちこたえたいと思った。

『いくらなんでも、刺されてすぐだなんて早すぎるわよね』

だが、貴彦が小刻みにバイブの出し入れを行なうと、アナルの肉襞はもの欲しそうにヒクついている。

「ウウーッ……ダメヨ……そんなにされたら……ヒーッ」

小刻みな抽送が、大きく長いインターバルを取り始めると、亜弥は体裁を捨てて啜《すす》り泣いていた。

「アーッ、アゥーッ……イヤッ、嫌いっ、こんなお尻」

貴彦がバイブのスイッチを入れたとたんであった。ブルブルと白い豊かな尻が震えた。震えはやがて全身におよび、高熱の患者のようにがたがたと裸身を震わせて熟女は昇っていった。

「ヒーッ……ウヒーッ」

湧き出てくるのは、もてあますほど大きな喜悦であった。熟女は掠れた声で悲鳴をあげ続けている。

「ククッ……」

貴彦が嗤った。

「え？　……ひどいわっ、嗤うなんてっ」

「でも……」

スイッチを入れているのに、振動が止まっている。バイブは動けなくなるほどきつく亜弥のアナルに締めつけられているのだ。

「まあっ……イヤッ」

熟女は真っ赤になった顔をシーツに埋めて隠そうとしている。一方でなんとかアナルを緩めてバイブを外にひねりだしたいと努めているのだが、アナルの筋肉はとうに亜弥のコントロールを離れていた。

「ヒィッ……お願い……抜いてっ」

シーツを涙で濡らしながら、熟女は必死で哀願した。

「泣いた顔もいいけど、さっきの方がもっとよかったですね。輝いていましたよ」

アクメの表情を貴彦は鏡のなかにしっかりと見ていたらしい。


「さあ、今度は……」

「えっ、まだあるのですか……」

貴彦が、頷く。

「まだまだ陶酔のイメージは必要です」

「ヒィッ……」

亜弥は思わず逃げだした。

『こ、殺されてしまう』

これ以上嬲られたりしたら、それがアナルだったりしたら、本当に死んでしまうと亜弥は考えてベッドから飛び下りた。

「いけませんね。逃げるなんて」

だが、すぐに貴彦に捕まった亜弥は、手首をベッドに繋がれてしまう。

「か、堪忍して……もう許して」

だが、貴彦はお尻をと言っただけだった。

「ああ、哀れなお尻……」

だが、貴彦の前に白いお尻はゆっくりと突き出されてくる。

「アアッ……ヒィッ……イヤッ、堪忍して……もうぶたないで」

だが、青年は平手で熟女の尻を厳しく打ち据えた。パンパンと豊かな双臀を打つ音と、甲高い悲鳴が交錯して、熟女はたっぷりと涙を絞られた。

「……ひどい……お尻を出したのに……」

泣いているうちに、平手で打たれた重い痛みは、妖しい恍惚に変貌していく。

「アーン……ダメッ……もう……いきましたわ……まだ……」

まだお打ちになりますの？　と訊いた熟女の尻がもの憂げに揺れている。シーツの一部が涙に濡れて色を変えていた。

だが、本当に泣かされるのは、これからであった。

「前にも入れて欲しいといいましたね」

「あ、それは……あの……」

貴彦はもうバイブなどではない、太い淫具を用意していた。

「そんなっ……」

だが、亜弥はそれまでの倦怠感が嘘のように消えていくのを感じていた。

『とうとう、白衣を脱いでくださったんだわ……それにしてもすごい。恐いくらい』

貴彦自身の肉の淫具は石のように硬く天を指している。長身の華奢《きゃしゃ》な体つきからは考えられぬほどの逞《たくま》しさでそれはそそり立っていた。

『あれで前を……されるのね。でも……その後アナルになんておっしゃったりしないかしら？』

青年の砲身はあまりに太く長さも十分すぎるほどであった。亜弥は恐怖を覚えるほどの逸物を見ながら、ふと思いついたことに身震いしていた。

「そ、そんな大きなものを？」

「ええ、かなり頑張りましたからね。疲労回復の注射をしておきましょう」

「ずいぶん大きな注射器ですのね」

「注射器を消毒しなさい」

それも、夫に強要されたときは、断固として拒否した行為であったが、亜弥は嬉々として貴彦のものに飛びついた。

『おいしそう』

初めてのフェラチオであったが、熟女は硬く、熱くなっているものを握り締めて自然に舌を伸ばしていった。

「ウッ」

カポッと音を立てる性急で強烈な吸引に、貴彦は眉を顰めたが、熟女も銜えたものの大きさに咽《む》せかえりそうになった。口いっぱいに頬張るときつくて息ができなかった。

だが、精一杯唇をきつく締めてズズッとしごき下ろしていく。戻るときにもズルズルと音を立てるほど強く吸いながら逸物を引き出していく。

「ウウッ……」

膝立ちの青年の足元に腹ばって口撫する熟女は、上目遣いに青年の表情をうかがいながら、強く、ときには弱く肉茎を吸い立てる。

『お返しですわよ』

亜弥は、裸でポーズを取らされたこと。その後秘唇にダイヤを銜えさせられそのままで家まで帰らされたこと。浣腸され、ペットのトイレでの排泄姿を見られたこと。アナルを責められ狂わされたことなどを思い出して呟いた。そのたびごとに亜弥は乱れ、初めて味わうアクメに戸惑う痴態を晒している。

貴彦はいつも白衣のままで亜弥を見下ろしていた。イメージのための観察と称する冷静な視線は、ひとり官能に酔わされる亜弥の羞恥と屈辱をさらに増幅させるものだった。ときには貴彦にも虚飾を捨てて自分と対峙《たいじ》して欲しい。本能を剝き出しにしてこの体を弄んで欲しい——。そう願っていた亜弥にとって、貴彦が白衣を脱いでくれたことには本当に仰天したが、同時に狂喜すべき出来事でもあった。

『たくさん吸ってあげますわ』

そう思っているだけに熟女の口撫は丹念なものになった。

「アウッ……上手だ」

イタリアの女たちのフェラチオもたくさん受けてきた貴彦にとって、初めての亜弥のそれは、そううまいものとは言えなかった。むしろ稚拙といってよかった。だが、亜弥の行為には誠実さがあった。懸命に奉仕する亜弥の真実がこめられていた。だから、貴彦に言われたわけでも、誰に教わったわけでもないのに、歯を立てたりすることはなかった。貴彦のものを大切に思い、傷つけたりしないように配慮しているから自然にそれができるわけである。稚拙な術ではあったが、ハアハアと荒い息を吐きながら奉仕する熟女をあえて貴彦は誉めた。

ジュプジュプ……。唾液を口の端からあふれさせながら、熟女は何度も太いものを呑み込み、赤い唇で滑らかにしごいている。

『すごくおいしい……そして、こうしていても……私は感じている』

若々しい肉棒はいくらしゃぶっても飽きることがないほど美味だった。そして硬い屹立をしごき立てる唇だけでなく、彼の腰に回した腕にも、彼の膝頭に触れる乳首にも堪え難いほどの甘い疼きが生じていた。

『アア……たまらない……堪えきれないわ』

熟女は青年を押し倒して覆いかぶさりたい衝動に耐えて、ひたすら屹立を吸い立てた。

「お尻を」

貴彦に短く命じられ、四つん這いになったことで、亜弥は、茂みが白露を宿すほど淫らな体液を放っていたことを知った。

『あの大きなものが入るんですもの』

キラキラと透明な粘液に光る陰部を貴彦に見られるのは羞かしかったが、このくらい濡れていたほうがいいのだと赤くなった顔を背けて熟女は胸に呟いた。

高々と豊満な尻が捧げられると、後ろに立つ貴彦の目には、脹らんだ秘唇も、暗紫色のアナルの皺も明らかになった。

「ウヒィッ……何を……なさいますっ」

十分に血を通わせて脹らんだ秘唇は、軽く指を触れられただけでも敏感に応えて、ブルッと全身が小刻みに震えた。

「ど、どうして?……早く……入れて」

だが、貴彦は熟女の秘唇から粘る液を掬ってアナルにまぶす行為を繰り返すばかりだった。

「アッ……アアンッ……いやですっ、どうしてそんな……」

秘裂もアナルも、貴彦の指に強く応えて、どちらに指をのせられてもプルプルッと短い痙攣が白い裸身を伝っていく。あれほど口撫を施した太いものが入ってくるのを、今か今かと待ち続ける熟女は、青年の意図がもうひとつわからず、いらだちを見せ始めていた。

「アッ、アナルは、もう十分……陶酔を」

だが、貴彦の指は、あれだけ責められ、あれだけ狂態を見せたアナルを押し開いていった。

「まだアナルを？　無理です……イヤン」

しかし、貴彦の指におもねるようにアナルは広げられていく。内部の赤い肉襞も外側に捲れて、青年の指で引き伸ばされている。媚びるような誘うような妖しいホールができあがっていった。

「アアッ……また責められるのですか。哀れなお尻……」

静かに目を閉じ、貴彦の指を待ち受ける姿勢を亜弥が取った。豊満な尻も観念したのか不安な揺れを止めている。

「ウヒィッ……アアッ、ダメッ……感じてしまう……イヤーン」

グイグイッとアナルの肉襞を押し分けたものが、彼の指ではないような気がしたが、熟女はアナルの蠢《うごめ》きを止めることができなかった。

「ウウッ……そんなに奥まで……ゆ、指ではありませんのね」

指では探られたことのない深部まで到達したそれは、指とそっくりの弾力と硬さを秘めていた。

「アアンッ……もう……変になりそう」

突き進んでくるものの長さに不安を覚えながら、反応するアナルの蠢きはますます強くなっていく。

「これで全部です」

「いったい、何をお尻にお入れになったのですか？」

吞まされた亜弥にも、それが棒状のものであり、今まですっかりアナルの内部に姿を消していることが察せられた。

「アナル・スティックです……これと……」

これと同じようなものですと見せられたのは、やはり棒状のもので、触ってみると人のもののように弾力があった。

「これが……今、私のなかに？」

「そっくりですが、もっと細い」

そうですかと呟いて熟女はスティックを撫でた。

『ここが少し……ひっかかったのかしら？』

何段かついているくびれを熟女はそっと撫でてみた。上から下まで眺めてみると、先ほど挿入されたときの経緯が詳細にわかる。あの先端が入るときにチクッとしたのか。あのくびれがズンズンと肉襞に断続的な衝撃を与えていたのか。後半滑らかに吞み込んでいけたのは、やや太い後部にくびれがないせいだったのか。

亜弥はお尻に吞まされているものをひと回り大きくしただけだというそれを不

思議な面持ちで眺めていた。

「まあッ……いやですわ」

それとそっくりのものが入れられているのがアナルなのだと思い出すと、熟女は急にその存在を強く意識した。とたんにそれは存在感を強く主張した。

「ウウッ……なんだか……」

体内に埋め込まれたものは、貴彦の手を離れて静止している。だがおとなしくなったアナル・スティックが挿入されていることを思い出すと、急にアナルに掻《そう》痒《よう》感を覚え、熟女は大きな尻を揺すった。

「アッ……このままではっ……抜いてっ」

貴彦が尻朶を摑み、豊満な尻を抱き寄せると、次に起こることがわかった熟女は、アナルの棒を抜いてくれと哀願した。

「駄目です。これはあくまでも、前もなのですから」

「そんなっ……アナルだけでも……抜いてくださいったら……アウッ」

押しつけられたものを火のように熱く感じた。

「アウッ、ダメッ……このままではっ」

だが、お尻に異物を呑まされたまま、熟女は秘裂に熱く灼けた砲身を受け入れねばならなかった。

「ヒィッ……太いっ……」

ウグッと唸ったまま亜弥は声が出せなくなっていた。

『太いっ……大きすぎるわ……裂けてしまわないかしら……ウヒィッ』

頬張ったときよりも、さらにひと回り太くなっているような気がして、熟女の腰はどうしても前に逃げてしまう。

「ウググッ……ヤメテッ……急には無理ですわ……ヒィッ……優しく入れて！」

先端を呑み込まされたままグイッと尻朶を引き寄せられると、熟女は苦しそうに身をもがいた。

しかし、熱い屹立は、確実に赤い肉襞を押し分けて進んでくる。秘裂の肉襞は、強引に入ってくるものを押し戻すような動きみせているが、波のようなよせ返しの合間を縫って、砲身は確実に熟女の体を貫いてくる。

「ウウッ……ウウーッ……ウッ」

少し退いては大きく前進して、結果的にはその全体を内部に呑み込ませてしまう。そんな砲身のイレギュラーな動きに、いつしか亜弥は豊かな尻を前後させて応じていた。

「ウヒィッー……は、入りましたのね……」

ええ、と青年が背後から応えると、熟女はアアと深い息をつき、両手で顔を覆った。こみ上げてくるものがあって、両手の下には涙が流れていた。

『とうとう……手に入れたのね』

思えば、初めて『ペルソナ』を訪れてから、ずいぶん日数が経過していた。その間最初から亜弥を裸にした貴彦は、嬲り尽くすだけで亜弥に入ってこようとはしなかった。

「アウッ……」

入ってきたものがゆっくりと律動を開始するのを感じながら、熟女は噛み締め、味わうような表情を浮かべている。

『ついに入れていただいたわ。もうどんなことをされてもいい。なんでもいうことをきいてしまおう』

亜弥は、焦がれていた青年に尻を抱かれる幸福感に酔いながら、貫いているものの動きに合わせて尻を前後に動かしている。

「ヒイ……イヤッ、深いわっ……そんな」

こんなに膣の奥深いところまで抉《えぐ》られた経験はなかった。子宮口をノックしそうな勢いで突き立てられた熟女は、喉元まで貫かれる錯覚にパクパクと何度も口を大きく開けた。

「ウヒィッ……アッ、ぶつかって……ウククッ……ウーッ」

しだいに激しくなった律動が送り出す砲身は、荒々しく膣を責め、アナルに潜ませたスティックにゴツゴツとぶつかって響き合う。

「ウウッ……アア……ヒー……イヤ、こないで、こないで」

二カ所を一度に責められた亜弥は、すさまじいものがやってくる気配に掠れた声で何度も叫んだ。

「ヒィッ、ダメッ、もうイクッ」

強い浮遊感にとらえられた熟女は、支えていた腕がクタッと崩れ、肩と頬だけで四つん這いの体を支えている。

「ヒィッ……もう責めないで……いらしてあなたもっ、早くっ……」

閉じている亜弥の目に眩しい世界が急速に広がる。まばゆい世界にたったひとり浮かぶ自分を意識した熟女は、片手を後ろにのばして青年の太腿に回した。

「ウヒッ……ヒィッ……浮かんでしまうの、浮かぶのよォ」

貴彦の腿に深く爪を立てながら、熟女は何度も昇った。強い浮遊感のなかで、熟女は感覚を失っていく。

5

亜弥は、先ほどから何度も時計を見ていた。

『待ち人来たらず……か』

「見ているポットは沸かない、見つめられる時計の針は動かない」

そんな諺《ことわざ》も知っている亜弥だが、貴彦との待ち合わせだけに、何度も時計を気にせずにはいられなかった。

『暑そうだこと』

衰えたとはいえ、まだ日中は残暑が厳しかった。カフェのなかから見ても、アスファルトの照り返しが眩しく、外気の高さがうかがわれた。

『もう、来ないのかしら?』

だが、亜弥は席を立つことができず、愚図愚図と待ち続けている。

「ア」

女は、口のなかで小さく声をあげた。スーツのポケットで携帯電話が震えて、着信を告げたのだ。

「ハイ」

「ああ、ペルソナの杉本です。ちょっと車が込んで……でも、もう少しで着きます」

「ハイ……お待ちしています」

彼の声を聞くと、亜弥は急に股間がスースーとうそ寒く感じられてきた。

「ガーターはいいです。でもパンティは駄目です」

「そんな……あれは……とても……」

パンティなしで電車に乗らされたことのある亜弥は、周囲の人がみんな秘部を晒した亜弥のスカートのなかを知っているのではないかと感じた不安な気持ちを思い出した。

「とても……羞かしいのです」

スカートのなかを見られるのではないかと恐れる亜弥は、電車のなかで座ることもできなかったし、階段ではハンドバッグで後ろを隠すという、青臭い娘のようなまねまでしてしまった。

「あれだけは……どうか……お浣腸もおっしゃるとおりしていますし。……それにあのスティックも……入れていますのよ……ですから……どうか、ほかのことを」

亜弥は何度も貴彦にノーパンで外を歩かせないでくれと哀願したが、彼の命令は変わらなかった。

そして、今日、亜弥はストッキングをガーターで吊っただけの下半身をスカートのなかに秘めてここまでやってたのだった。

「風が……」

エアコンの冷たい空気がことさら自分のスカートめがけて吹いてくるような気がして、亜弥は固く両足を閉じた。

「お待たせ」

貴彦がやってきたとき、空になったティーカップとサーバーは、とっくに下げられていた。

「こんにちは……お待ちして……」

甘えるように青年を見上げた亜弥の言葉は途切れてしまった。貴彦の後ろに女性の姿を認めたからだ。

「あら……」

二人だけで会うのではなかったのか。連れがいるとは聞かされていなかったではないか。

だが、亜弥はそんな不満より、貴彦とともにやってきた女性の美しさに不安を覚えていた。

「ああ、紹介するよ。姉の麻衣だ。こちらは、秋元亜弥さん。姉は今日イタリアから帰ってきたところで、成田まで迎えに行ってたんです。秋元さんは……今デザインの前のイメージづくりをしている最中の人で……」

貴彦が交互に紹介して、二人はよろしくと言い合った。

「素敵な人ね……」

そう言っている麻衣の方がよっぽど魅力的だと亜弥は思った。ショートカットにパンツと男性的な装いがよく似合う小柄な美人だった。

だが、亜弥を見つめる麻衣の目がなぜか亜弥には気掛かりだった。サッと全身を見回した目が、まるで異性のもののように感じられたからだ。

「で、どの辺まで進んだの」

「うん。今日のメニューで終わるかな」

「へえ、そこまで来たの。で、どう？」

「うん。豊かなイメージだよ」

亜弥をそっちのけで、二人は話に夢中になっている。しかも、話題は亜弥のことなのだ。亜弥は軽く咳払いをした。

「あ、ごめんなさい。今度は私の部屋にもいらっしゃいな」

「え、ええ」

亜弥は、曖昧に頷いたが、その後、麻衣が貴彦の耳元で囁いた言葉の方が気になった。

「なかなかよさそうだわ。姉さんにも貸してね」

貴彦がニヤリと嗤い、ちらっと亜弥の方を見た。亜弥のことを指しているのは間違いなかった。

「そんなことより、今日はあれをするんだけど……」

「あら、おもしろそうじゃない。姉さんもつき合うわ」

「疲れていない？」

「大丈夫。飛行機のなかでたっぷり寝たから。ねえ、それじゃ……彼女は、今は……？」

「うん。はかせていない」

「まあ、素敵。ノーパンの美女ってわけ」

麻衣の視線が亜弥のスカートに落ちる。亜弥はまた男性の凝視を受けたように感じて身を硬くした。

「ね、どう？　パンティなしで街を歩くときの気分は？　教えて……」

「と、とても……羞かしいものですわ」

周囲の客に聞こえないかと恐れながら、亜弥は蚊の鳴くような声で応えた。

「そう。どんなふうに羞かしいのかしら」

麻衣の声はわざとのように大きかった。亜弥は答えたくはなかったが、テーブルクロスの下で、麻衣の手がスカートの裾を握っている。

「や、やめてください」

亜弥が口籠《ごも》ったり、今のように答えようとしなかったりすると、麻衣の手がスカートを大きく捲《まく》ってくる。

「で……どんなふうなの？」

麻衣の長い手が太腿を奥まで撫でてくる。

「堪忍してください」

亜弥は麻衣の手を払おうとしたが、麻衣はスカートを捲るわよと脅した。こんなところでそれをされれば、パンティをはいていないことが客の全部に、そして店員にも知られてしまう。

「み、みんながスカートのなかを覗いているようで……」

「それだけなの？」

「許して……」

同性の指が淫毛を摘み、秘唇を撫でているのだが、亜弥には逆らうことができない。亜弥は助けを求めるように貴彦を見た。

しかし、貴彦はそ知らぬ顔で、コーヒーをすすっている。

「いい子ね、さあ、答えて」

「ウッ……そ、それは堪忍して……ヒッ」

指を入れられた亜弥は、腰を浮かせそうになったが、麻衣の目を見てまた座った。麻衣の目が、本気でスカートの中身をばらすと言っていたからだ。

「そ、そこはっ……アアッ……」

麻衣の指が巧みにクリトリスを起こしていく。

「ヒッ……」

漏れそうな悲鳴を慌てて呑み込み、亜弥は言いますからと麻衣を見上げた。濡れた瞳を覗き込んで、いい子ね、可愛いわと麻衣がまた言った。

しかし、麻衣の指は動きを止めていない。敏感な突起を指の腹で転がされて、亜弥は苦しげに眉を寄せた。

『ウウッ……なんて器用なの』

指を入れ秘唇をかき混ぜながら、クリトリスへの責めを止めない麻衣を亜弥は恐ろしいと思った。

「もう一本入れる？ ……それともこちらの方へ？」

「ダッ、ダメッ……今、言いますから」

アナルをそろりと撫でられると、亜弥はお尻を突き出したい誘惑に駆られる。麻衣の巧みな指に誘われて、亜弥の股間はしとどに濡れ始めている。

「言いますから……指を放して」

「言ったら、許してあげる」

麻衣の返事は即座だった。周囲の客が異変を感じたのか、亜弥たちのテーブルに好奇の視線を投げてくる。

『は、早く答えなければ……アアッ』

だが、甘い痺れに下半身を襲われている亜弥には、言葉を選ぶ余裕がなかった。

「まわりの人が全部パンティをはいていないことを知ってるみたいに思えて……とても不安であそこが寒くなるんです」

「そう。今も寒いの？」

言われてみると、麻衣の指に翻弄される股間はひどく熱かった。

「い、いいえ。今はとても熱いです」

「よくできました」

麻衣は、生徒に対する教師のように、亜弥の頭を空いたほうの手で軽く撫でた。同時に羞かしい場所を虐めていた指が引き抜かれていった。

『まあ、なんてことをされているの』

だが、安堵した亜弥の前に麻衣が指を突き出している。

「………？」

戸惑っている亜弥に、麻衣が拭いてと命じた。

「アッ……」

見れば麻衣の指は、亜弥の恥蜜でキラキラ光っていた。亜弥は慌てておしぼりを取り上げ、麻衣の指を拭《ぬぐ》う。こんな長い指を、あんなところまで入れられてしまったのか。第二関節まで淫汁に濡れている指を、羞かしく眺めながら、亜弥は年下の女の指を拭った。

「この前の人より感度がいいみたい」

何事もなかったようにカップを取り上げながら、麻衣は貴彦に話し掛けた。

「この前の人って……ああ、理恵ね」

「そうそう。波田理恵さん。イタリアに行く前に私も少し……」

「そうだったね。あの人の紹介状を持ってきたんだけどね、この亜弥さんは」

「まあまあ、紹介状なんかなくたって、通る人は通るのに」

「すみません」

亜弥はわけもなく謝っていた。陰部に指を入れられて恥蜜を垂れ流したとき、麻衣との関係は確定していた。

『この人にも、いいなりにされてしまうのね……きっと、そうね』

亜弥は、麻衣がときどき投げてくる視線にピリピリしながらそう感じていた。

亜弥に無理やり二杯目のティーを飲ませると、貴彦が立ち上がった。

「ねえ、場所は決めてあるの？」

「うん、この前の公園ではおもしろくないんで……裏通りに決めてある」

たぶん自分に関することなのだとは思うのだが、何のことなのか亜弥にはさっぱり見当がつかなかった。

「あの……これから、どこかへいらっしゃるんですか?」

何もわからないまま、亜弥は車の後部座席に座らされた。

「フフッ……短くて具合がいいわ……これなら、オシッコを引っ掛けて濡らすこともないわね」

麻衣が呟くように言って、亜弥のスカートを軽く捲った。

『オシッコですって……もしかして私が?』

淫毛を麻衣の手で摘まれながら、亜弥の不安は急速に脹らんでいった。

6

車は、かつて社会主義だったある国の大使館の裏側の細い通りに止められた。

「さあ、降りるのよ」

亜弥は何かを感じて、座席の隅に身を潜めていたが、麻衣の手で車から引きずり下ろされてしまう。細い麻衣の体のどこに潜んでいるのか、亜弥の手首を握る麻衣の手は、男のもののように強かった。

「こ、ここで……何を？」

「解放……」

「カイホウ？」

貴彦の言葉に、亜弥は首を傾げた。

「解放よ。あなた自身を解放するの。外の世界に向かって」

「外の世界に……？」

「そう。普段はたしなみとして隠している部分をすべて晒け出すの。パンティをはかせないのも、それが目的なの。普段は隠している部分を晒け出して、解放するためなのよ」

麻衣に言われると、亜弥はスカートの下から股間に手を当てた。パンティをはいていない秘部を急に意識したからだ。

「さ、ここは緑も多いし。解放するにはぴったりの場所だわ」

たしかに、あたりには昔から住んでいる家が多いらしく、庭も広く、樹木も多かった。

しかし、人気《ひとけ》のない野原とは違う。昔ながらの道をそのまま舗装したような道路に立っていても、そこここの家からは、住んでいる人々の息遣いが聞こえてくる。

「解放って……どんなことを?」

「ここで、わたしたちにオシッコして見せるのよ」

「そんな、まさか……」

亜弥は救いを求めるように貴彦を見たが、貴彦は頷いてみせただけだった。

「でも……」

「あなたのイメージを正確に摑みたいんです。ですから、しきたりや常識にとらわれない、生まれてすぐの幼児のような表情を一度見ておきたいんです。わかりますね」

「はぁ……」

不得要領のまま亜弥は頷いたが、すぐにハッとなって、でも……と言った。すでに首筋まで真っ赤になっている。

「いいから、言われたとおりにするのよ。でないと、裸に剝いて放り出すわよ」

麻衣の押し殺した声に、亜弥は怯《おび》えた表情を見せた。じっと注がれる麻衣の視線が亜弥の豊満な肉体を見つめていた。湖を思わせるその目は焦燥に騒《ざわ》めき、冷たい炎を燃やしている。

「いうことをきくわね」

「あっ、ハイ……します……いたしますから……許して……」

麻衣の手がスカートに伸びてくるのを、亜弥は竦《すく》んだようにただ見ているだけだった。

「早くおやり」

麻衣の手が厳しく内腿を抓《つね》る。亜弥は眉をしかめて堪えている。

「早くっ」

麻衣が短く叫ぶと、亜弥は、のろのろと腰を落としていった。白い尻が、スカートの下からのぞき始める。

「あ、あの……スカートを……」

麻衣の手がスカートの裾を握っているために、尻が全貌を見せてしまう。亜弥は少しでも大きな尻を隠したくて、麻衣を見上げた。

「このままするのよ」

「そんな……人が来ますから……」

近くの家からは、塀を隔てて人の声が聞こえる。もし、誰か出てくるようなことがあったら……。亜弥はスカートで尻を隠してくれと頼んだ。

「つべこべ言わないのっ」

麻衣が手近にあった木の枝を折って白い尻を叩いた。

「アッ……ダ、ダメッ」

亜弥にとっても意外だった。ピシピシッと木の枝で打たれた尻が歓喜しているのだ。

「許して……ヒイッ」

潜めた声で哀願する亜弥の尻は、なおも打たれた。

「アッ、アアッ、ヤメテッ」

短く声をあげながら、亜弥は昂ぶっていく尻を呪った。

「イヤッ……ダメッ……感じて……もう、打たないで……アッ」

容赦のない尻打ちに応えて、豊かな双臀が踊る。四つん這いになって尻を突き出してしまいたい誘惑に耐えて、熟女は尻を打たれ続けている。

「アアッ……イヤッ」

ジワッと沁《し》み出るものの気配に、思わず亜弥は股間を覗き込んだ。

『あら……どうしよう』

無理やり飲まされた紅茶のせいか、鞭打ちによる歓喜が緊張をゆるめたのか、小水がジワジワと湧き始めている。

「ウウッ……ダメッ、打たないで」

息を止めた熟女の体が硬くなっていくのが着衣の上からもわかる。

「ダッ、ダッ、ダメーッ」

ジョジョーッと堰《せき》を切った小水が、亜弥の白い脚の間から迸《ほとばし》る。

「イ、イヤッ……ご覧になっては」

残忍な四つの目が、噴水の源を覗き込むのが目を閉じていてもはっきり感じられる。

「ヒィッ……見ないでー」

泣きじゃくる熟女は、祈るような思いで自らの放尿のやむのを待っている。

しかし、たくさん紅茶を飲まされた亜弥の体からは、飲んだ量の何倍もの小水が流れ出てくる。

『イヤッ……なんて羞かしい』

ピタピタッと路面を打つ小水の音が、いやでも亜弥の耳朶を打つ。赤い首筋をひねって、亜弥は顔を背けたが、麻衣と貴彦は、おもしろそうに背けたほうに回り込んで、その顔を覗き続けている。打たれた尻が、何度も大きく波打っていた。

「ああ、もう、ご覧にならないで……」

呟くように繰り返す亜弥のアナルは、なぜか熱くほてっていた。

「兆《きざ》しているようよ。いい機会だわ」

「ホテル・アルファが近いよ」

催してきた歓喜の兆しをもてあます亜弥の耳に、二人の会話が届いた。ずいぶん遠いところから聞こえてくるような気がした。

7

破廉恥《はれんち》な行為をさせられてしまったという思いで、いつまでも亜弥は頬を染めていた。

しかし、強烈な羞恥は亜弥の内部に淫らな思いを強く呼んでいた。ボウッと酔ったようになった熟女は、自分の身に起きていることをぼんやりとしか意識していなかった。

「あの……ここは?」

気がついたときは、裸に剝かれ、ベッドに寝かされていた。

「天国への門よ」

麻衣の声も、まだ遠い。

「エ？　……アアッ」

ズブッと秘唇に呑まされた指は、貴彦のものより細い気がした。

「ウフフッ、よく湧き出る泉だこと」

亜弥が、ねっとりと絡みつく恥蜜を捏ねるように指でかき回した。

「ウウッ……おやめになって……アンッ」

身をよじって腰を逃がそうとした亜弥は、ジャラッという鎖の音を聞いた。

「アッ……また、こんなに……」

亜弥は、四肢が革のベルトとそれに繋がる鎖で拘束されていることを知ると、悲鳴に近い声をあげた。

「安心しなさい。聞き分けがよければ、外してあげるわよ」

「ウッ……イヤッ」

長い指が巧みに秘唇の奥をかき回すと、亜弥は陶然とした表情で白い裸身を反らした。

「どうかしら。この後も私のいうことがきけるかしら？」

「ムムッ……そんな……そこは……アン」

肉づきのよい双臀の谷間を亜弥の指が探ると、亜弥の眉が苦しげに寄せられた。

「アウッ……きくっ、ききますから……アナルを嬲らないで……」

揉み込まれた肉襞がチリチリと熱くほてってってくる。

「そう？　いい子ね」

白い双臀に残された尻打ちの痕をなぞって麻衣が呟いた。

「お尻は……堪忍してください」

だが、拘束を解いた麻衣は、即座に四つん這いを命じた。

「ああ……やはりお尻なのですね」

豊かに丸い双球が、不安で粟粒を浮かべている。

「お尻を出しますわ」

熟女の声は、語尾が震えていた。

だが、ゆっくりと麻衣に向かって差し出される尻は、その豊かさと丸みを誇示するように揺れていた。

「もっと、高く」

いくつも年の離れた若い麻衣に命じられた熟女はハイと可愛い声で応じた。乳房が歪むほど胸を伏せ、体を少しひねって、豊満な尻がさらに高く突き出されてくる。

「可愛いわ。いい子。そのままにしてるのよ」

尻に向かって話しかける麻衣の口調には、舌なめずりするような響きがあって、亜弥の裸身が小さく震えた。

「ウウッ……お尻を……」

柔らかく双臀を愛撫されると、ついお尻が蠢《うごめ》いてしまう。お尻を責められるのですね、と言う亜弥の呟きには、抗いや憎しみは感じられなかった。

「ど、どうぞ……」

尻を誘うように揺する熟女の顔には、澄み切った諦観《ていかん》と、渦巻くような期待が交錯していた。

「そう……打ってもらいたいのね。今すぐ打ってあげるからね。いい子だから、じっとしてるのよ」

麻衣は相変わらず尻に向かって話し掛けている。その麻衣が、大きな尻を差し出す亜弥の背後で身構える気配がした。

「アアッ……そんなもので……。ひどい」

視野の端を麻衣の振り上げている鞭が掠める。亜弥は、這って逃げようとした。

「ヒィッ……」

　しかし間に合わず、白い尻朶に鞭が炸裂する。

「無駄よ。おとなしくなさい。打って欲しいんでしょう?」

「そんなっ……ヒィッ……鞭だなんて」
　二、三度鞭で打たれた尻はクタクタと崩れて亜弥は泣きだしてしまう。
「鞭ったって、先の割れたものよ。音だけだわ」

「そんなこと……おっしゃっても」

　ヒュッと空を切り、パシッと乾いた音で双臀を襲う鞭が亜弥には恐かった。

「大丈夫よ。すぐ慣れるわ。さあ……」

　さあお尻を出してと再び麻衣が命じると、亜弥の身がビクッと震えた。亜弥には鞭が恐ろしいものに思われた。

　しかし亜弥は、この年下の美しい女性が鞭よりももっと恐かった。麻衣には、貴彦にはない恐さが感じられるのだ。底知れぬ冷たさと、責めに酔い痴れる狂気をあわせ持っているような気がするのだ。

「さあ、お尻を出すのよ」

「そんなっ……許して……」

亜弥は微かな願いをこめて背後にむかって言った。

しかし、麻衣と目が合うと、ハッとなったようによじっていた首を戻した。白い尻がゆっくりと高く持ち上げられ、麻衣に向かってゆっくりと突き出される。

「いい子ね。打って欲しいのね……」

本当に可愛いお尻だわ。麻衣は熟女のひねった尻がよほど気に入ったのか、白い双臀を撫で回して話し掛けている。慈《いつく》しむように、いとおしむように尻を撫でる。

「ヒーッ……いたー、痛いっ」

しかし、麻衣の鞭には容赦が見られなかった。白い裸体が飛び上がるほどの打《ちょう》擲《ちゃく》を受けて亜弥は甲高く哭《な》いた。

「ヒッ、ヒィッ、ヒーッ……いたーい」

だが、何度か鞭を振り下ろされるうちに、最初の動転が消えていく。

『なんだか……気持ちがいいみたい』

落ちつきが戻ると、ひたすら恐れた鞭が、派手な音ほどに痛くはないことに気づく。

「意外と筋がいいわ」

早くも豊満な尻を盛んに揺すって鞭に応じる亜弥を見て麻衣が嬉しそうだ。

「さあっ、これからが本番よ」

麻衣が大きく声をかけると、白い尻が大きく揺れてさらに高くなった。

「ウウーッ……アウッ、アウーン、アン」

パシッ、パシッと六条鞭が炸裂するたびに麻衣は白い裸身をよじって声をあげる。

「アウンッ、アンッ、イャン……なんだかおかしくなりそう」

舌たらずの甘えるような声で熟女が訴えている。白い双臀が打たれるたびに大きくくねねる。

「そろそろ……」

媚《こ》びるように、おもねるように大きく動いて鞭を追う尻を見つめながら麻衣が言った。

「ウン」

貴彦と麻衣が頷き合う。

「アッ……貴彦さまのものを？」

「そう……亜弥はどっちに入れて欲しいのかな？」

「どちらでも……おっしゃる方に……」

「じゃあ、僕のは前だ」

「ハ、ハイ……では、少し……」

少しおしゃぶりを、と唇をよせていく熟女は、何だかがっかりしたような表情を見せている。

「それは必要ないわ……こんなに濡らしているじゃないの」

気づかぬうちに、おびただしい淫汁に濡れていた秘唇をまさぐられて熟女はヒッと喘いだ。

「こ、こんなの初めてですわ」

そそり立つ砲身を見下ろしながら、亜弥が上気した声で言う。

「いいから、早くするのよ」

パシッと鞭で尻を打たれると、ためらっていた腰がゆっくりと下りてくる。

「アムムッ」

青年の体を跨ぎ、騎乗位で腰を落としてきた熟女は、熱い砲身を蜜壺に迎えてムムッと呻く。

「アグッ……ウゥー」

下から腰をつかんでグイと引き下ろされると、ズズーッと太いものが蜜壺を擦る。

「ウヒィッ、突つかないで……おとなしくして……アウッ、そこっ」

亜弥の腰に手を当てたまま、グイグイと貴彦が下から突き上げる。

半身が反り返り、熱い腰が貴彦の腹の上で円を描く。

「よく揺れるオッパイだこと。重くないのかしら？」

突き上げられるたびにユサユサと揺れる白い乳房に麻衣が手を伸ばす。

「ウククッ……胸は……」

だが、麻衣の細い指が強く乳房を摑む。白い胸の脹らみが歪む。

「アウッ……胸も……」

細い指がやわらかな乳房に埋まり、関節が見えなくなるほどきつく摑まれると、喘ぎを漏らす熟女の顔に恍惚に近い表情が動く。

「あら……ここも責められたことがあったのね？」

麻衣は微かな驚きと、激しい悦びを浮かべて、さらにきつく亜弥の乳房を絞り上げた。

「ウウッ……キィ、つ……つらいですわ」

「でも……感じてしまう……のでしょう」

麻衣は、銀色のマニキュアをした爪を乳首に立てた。カリッ。ひっかくように爪の先が桜色の乳首を擦ると、ヒッと熟女が声をあげた。

「ウウッ……いいっ……それをされると……お願い、おやめにならないで……」

「正直でいいわ」

麻衣がニンマリと嗤うと、二つの乳首をきつく爪の先に挟む。

「ヒーッ……きつ。でも……」

亜弥の恥蜜が、貴彦の太腿を伝ってシーツを濡らしている。貴彦は無言であったが、姉の責めに合わせるようにして硬いものを下から突き上げてくる。

「アヒッ、いってしまいそう……」

熟女が切なげに喘いで麻衣を見た。

「ダメヨッ……まだ。いったりしたら承知しないわ」

「ヒィッ……そんなっ……」

しかし、苦痛を快楽に変じてしまう亜弥の体は限界に近かった。男と繋がったうえ、同性の手で乳房を嬲られる。この異常な事態が亜弥の昂《たか》ぶりを早めている。

「まだまだ……」

「そんな……もういかせて……」

これだけ感じさせられて、極めることだけを禁じられるなんて。それでは、蛇の生殺しではないか。白い裸身が苦痛と快楽の狭間で悶えている。

「さあ、これを愛して。もちろんそのお口でするのよ」

「ハ、ハイ……」

麻衣が腰に装着しているのが、男性をかたどったものだとは、すぐに気づいた。しかし、熟女はがばっと身を倒すと、眼前に差し出された無機質の張り形に唇を寄せた。

「たっぷり湿らせるのよ……その方がいくらかでも楽だわ」

麻衣の言う意味ははっきりとはわからなかったが、亜弥は従順に顔を寄せていく。

『あ、これは……』

麻衣が股間から突き出るように装着したディルドォを口に含むと、熟女の美貌に微妙な表情が浮んだ。

「あら、気がついた?」

それは貴彦のものを原型にして作られた張り形なのだという。

「でも、ちょっと銜えただけでそれに気がつくなんて、よほど何度も銜えさせられているのね……」

「そんな、何度もだなんて」

亜弥が顔を上げて言うと、麻衣は鞭で亜弥の肩を打った。

「口答えするんじゃありません。さあ、早くおしゃぶりするのよ。貴彦のものを銜えたくてしょうがないんでしょう?」

オホホホと高く響く嗤い声を頭上に聞いて、亜弥は再び血の通わぬ張り形を頬張った。シリコンでできているというそれは、亜弥の口のなかでしだいに体温に近い温度に温められ、たっぷりと唾液にまぶされていった。

『彼のもの』

熟女は、何度も銜えさせられた若者の肉茎を思いながら、無機質の張り形を心をこめて吸った。何度も吸い立てて唇でしごいているうちに、亜弥は、張り形を青年のものだと思うことができた。

『二本あるんだわ』

塗れそぼった秘唇に埋められたものも、今、唇でしごき立てているものも、きっと貴彦のものに違いない。そう思いながら行なう口撫には心がこもり、丁寧に裏筋にまで舌をのばしていた。

「もう、いいわ」

亜弥の顔に奉仕する者の悦びがあふれてくると、突然のように張り形は引き抜かれた。

「ウククッ……」

唇に触れていたものが引き抜かれると、亜弥は秘唇に埋め込まれたものを思い出させられた。亜弥の熱い秘裂のなかで、それはまだ石のような硬さを保っていた。

「ああ……お尻に入れられるのですね」

麻衣が背後に回っていく前から、亜弥にはそれがわかっていたような気がした。

「アアッ……お尻を割られて……入れられてしまう……」

「待っていたくせに……」

麻衣の言葉にも、亜弥は逆らわず、そうでしたね、とほほえんで見せた。

「アグッ……ウククッ……苦しいっ」

ジリッと硬いものがアナルに押しつけられると、白い尻が激しく左右に振れる。

「もっと、肩の力を抜いて……」

しかし、ヴァギナに入っているものと寸分違わぬものがアナルに入ってくる。そう考えると、なかなか体を楽に保つことはできなかった。

「しょうがないわね……」

麻衣はそう言うと、亜弥に深呼吸を命じてみた。

「ハァー、スゥーッハァーッ」

「そうそう、それでいいわ」

麻衣は亜弥のアナルが息を吐くたびに、開き加減になるのを見て、続けるようにと言った。

「ムググッ……ウウッ……イヤッ……」

ジリジリッとアナルを押し割った異物は、もっとも狭隘《きょうあい》な部分を抜けると、一気呵成《かせい》に押し入ってきた。

「ウクッ……は、入ってしまいましたわ」

驚きから覚めぬような、惚けた声は、やがて苦吟《くぎん》と喘ぎに変わっていった。

「アクッ……ウウッ、イヤッ、感じてる」

浅く、ときには深く抽送を繰り返しながら入ってきたものは、前の秘唇に呑まされたものと呼応しながら、亜弥のアナルを責めていく。

「ヒッ……イヤッ、イヤよッ……そんな」

ゴツゴツと薄い皮膜を通して二つの砲身がぶつかり合うたびに、体の芯まで蕩《とか》すような快感が亜弥を襲う。

「アウーッ……ウググッ……イキそう」

アナルに太いものが入れられているぶん、ヴァギナも狭隘になってしまっている。砲身を押し包むように絡みつく肉襞が容赦のない律動にひくつきながら悦びを告げる。

「アウッ……ウウーッ」

喘ぎの合間に、熟女は必死な声で昇っていいかと何度も訊いた。

「ダメヨ……ほらっ、もっとお尻を振って見せて……」

「ウヒィッ……ヒィッ……そんな……つらすぎる」

尻朶を鷲摑みにした麻衣が腰を激しく振って亜弥のアナルを責める。貴彦のものも下から強く突き上げて亜弥の官能を誘う。

「ヒーッ……へんになるっ」

二人の貴彦に犯されているのか、ひとりの貴彦の二本の砲身に責められているのか——。亜弥は二つの場所をえぐられながら、至福の近いことを悟っていた。

「アアッ……もう……ダメッ……ダメになるっ……イッても叱らないで……」

亜弥の白い裸身がガクガクと震え、股間に熱い恥蜜がさらに湧きだしていく。

「許して、許してーっ……ウウッ、また」

何度も襲うアクメに震える声で、熟女は何度も許しを求めた。


「貴彦、あなたはもう帰っていいわ」

「じゃあ、もう引き渡していいってことかな？」

「そうよ。今日からこの子は私のもの。あなたには、あなたのペットがいるでしょう」

「そうだね。じゃあ」

強い快楽に朦朧《もうろう》となっている亜弥の耳にも二人の会話は届いていた。

『私のもの……ペット……？』

熟女には、まだ内容がはっきりとはわからなかった。はっきりしてるのは、麻衣と二人きりにされてしまったということだった。

「目は覚めてるんでしょう？」

貴彦が出ていくと、麻衣は亜弥の毛布を剥いだ。

「さあ、もう一ラウンドあるわ」

「ヒィッ……殺されるっ」

亜弥は本気でそう思い、本気で逃げだそうとした。麻衣の手に二本の張り形が握られているのを認めたからだ。

「そうはさせないわ」

全裸の亜弥は、下着さえ手にすることもできないうちに麻衣の手に捕らわれ、たちまちベッドの拘束具に四肢を緊縛されてしまった。

「もう……許して……」

「ダメヨッ。泣いた顔も可愛いわね。もっと、泣かせてあげるわ」

年上の女の涙など歯牙《しが》にもかけず、麻衣はうっとりと亜弥の顔に見入っている。

「アッ……堪忍してっ」

だが、身動きもできぬほど厳しく裸身を拘束された熟女は、アナルに迫る責め具をじっと見ているしかなかった。

「アンッ……アナルはもう……。どうか亜弥のお尻をもう虐めないで……アクッ……また、呑まされてしまう……ウウッ」

必死の哀願も虚しく、亜弥はまたたっぷりと泣かされた。そして麻衣の忠実なペットになることを誓うまで許してはもらえなかったのだ。

「なるっ……なります。麻衣様のペットとして忠実に仕えます。ですから、もうアナルを虐めないで……お許しになって」

「そう。それなら、来週、またお店にいらっしゃい」

麻衣がそういって亜弥を解放したのは深夜を過ぎていた。

「ハイ」

腰のあたりにけだるい疲れと、強い快楽の余韻《よいん》を感じながら、亜弥は帰っていった。

8

二人の熟女は、『ペルソナ』の前で一緒になった。

「あら、秋元さんも呼ばれていたの？」

「波田さんもですの。では、宝石のデザインのことか何かで？」

「あ、あの……お時間も一緒ですの？」

波田理恵は、亜弥の問いには答えずに、さらに問いかける。心なしか、その顔が青ざめていくように見える。

「ええ。私は二時にと仰せつかりましたけど……それが何か？」

それを聞くと、理恵の顔はますます青ざめていく。

「あの、デザインのことでおいでになったのでは……？」

「もしかして、亜弥さん、あなた……そんな……まさか、あなたまで……」

理恵の言うことはしどろもどろで、まったく亜弥にはその内容が摑めなかった。

「あの……宝石のことで呼ばれたのではないのですか？」

それに対して理恵が口のなかで何か呟いた。

「そんな甘いことではなくてよ」

小さな呟きだったが、亜弥の耳にもそれははっきりと届いた。

「まあ……私はてっきり……。ほら、この前も『ペルソナ』の会員になれたことはご報告したでしょう。ですから、今日呼ばれたのは、お願いしたデザインのラフができあがったのかと……」

「私はそうではないと思います」

「まあ、それでは……？」

「そんなことより、あなた。秋元さん。最近何か身辺に大きな変化がありましたわね」

婉曲《えんきょく》に言ってはいるが、理恵はかなり聞きにくいことを聞いていた。

「え、ええ……まあ」

赤くなった亜弥を見て、理恵はすべてを察したようだった。

「まあ、それでは、あなたも貴彦さまに……そうなんでしょう？」

「え、ええ。最初は貴彦さまだったんですけれど……その……」

「けれど何なんですの？」

理恵はその先がどうしても聞きたいらしくて、口ごもる亜弥に苛立ちを隠さなかった。

「その……私は……麻衣さまのものだっていうことに……」

「だって、あの方はイタリアに……」

「先週お帰りになったのですわ。それで、その日に……ご紹介いただいて……」

「あら、そうでしたの。そう……麻衣さまの……か、係になったのね」

麻衣に紹介されたその日に、彼女から厳しく責められ、随喜の涙を流した亜弥が赤くなるのは当然だった。

しかし、そうでない理恵までが赤くなり、語尾を濁らせているのは亜弥の目には不思議だった。

「そうだったのですか」

理恵は少しほっとしたような顔をしたが、すぐにまた表情を引き締めた。

「二人一緒というのが不安ですわね」

「一緒だと何か支障が?」

「私にもはっきりとはわかりませんの。でも……何か不安ですわ」

しかし、ここから引き返すわけにはいかない。杉本姉弟は宝石のデザインとカッティングでは、カリスマ的存在である。

「と、とにかく……入りましょう」

彼らの機嫌を損ねれば、苦労して会員になったのに、それを取り消されてしまうかもしれない。二人は、彼らの言葉に従うしかないのだ。


「お待ちしていましたよ」

二人を迎える貴彦の機嫌は上々のようだった。

「それじゃ……こちらに、どうぞ……」

貴彦が奥の部屋を指し、二人は立ち上がった。

「あ、あなたは……その奥よ」

理恵と貴彦に続いて部屋に入ろうとした亜弥を麻衣が止めた。

「え？」

怪訝な表情を見せる亜弥の手を引いて麻衣がどんどん廊下の奥に連れていく。

「まあ、すて……」

ある部屋に通された亜弥は、素敵と言いかけた言葉を呑み込んだ。落ちついたクリーム色に統一された部屋には、ヨーロッパのアンティークが置かれ、壁にはクリムトの絵画がかけられていた。柔らかい色調で描かれた裸婦を見て、亜弥は素敵と口にしかかったのだ。

だが、亜弥はすぐに声を呑んだ。ソファとテーブル、二脚の椅子の奥に、あの十字架のような拘束台が置かれていたのだ。そのほかに、何か器具の収納庫のような大きな入れ物があり、扉には〈消毒済〉と書いたラベルがはられていた。

「さ、脱ぐのよ……」

「あ、あの……今日は、宝石のことで、呼ばれたのでは……？」

「それなら大丈夫。あなたのものは、私が担当することになったの。原案はできてるから、帰りに見せてあげます」

麻衣は待ちきれないのか、話している間に亜弥のスーツに手を伸ばしどんどん脱がせていく。脱がせる一方でそれをドレッサーに掛けていく。

「あら……パンティははいていないの？」

「あの……貴彦さまが……そのようにせよとおっしゃいますので……」

亜弥は貴彦の命令に応えて、今日もノーパンでやってきていたのだ。

「でも、ガーターはよく似合うわね」

パンティをはいていない亜弥はパンストをはくわけにもいかず、かといって生足で外出もできないと思い、ストッキングをガーターで吊ってここまでやってきたのだった。

「ふーん……」

立たせた亜弥のまわりをグルリと回りながら、ベージュのストッキングとガーターが包んでいない真っ白な四角い部分を丹念に見つめた麻衣は似合うわよと繰り返した。

しかし麻衣が本当に見つめていたのは、ガーターのレースに縁どられた白い双臀であった。

「なかなかおめかしをしてきたって言うわけね」

「ハイ……貴彦さまに……」

「あのね、亜弥」

呼び捨てにされたが、亜弥は従順に返事を返し、麻衣を見つめている。何を言われるのだろうかという緊張が半裸の体を少し硬くしていた。

「お前は……もう、私のものなの。つまり私のペットなのよ」

だから、気配りをするなら、私に対してしなければならないのだと麻衣は言った。

「ハイ」

ペットと呼ばれると、なぜか血が騒めき、奇妙な悦びが体を駆けめぐる。

「ハイ。申し訳ありません。これからはそういたします」

「聞き分けのいい子ね。じゃあ、ご褒美をあげるわ」

手渡されたものは黒い首輪であった。

「こ、これは……」

亜弥は目を丸くしてそれを見ていたが、やがて自ら首に巻いた。カチッと引き綱が首輪に装着されると、豊満な白い裸身が、ブルッと一つ身震いした。

「さあ、行きましょう。お隣も準備はできたでしょうから」

亜弥には何のことだかわからなかったが、首輪を引かれるままに、麻衣にしたがって歩きだす。

「お待ちなさい」

ハ？　と首を傾げる亜弥に、麻衣がペットにふさわしい格好で歩けと命じた。

「かしこまりました」

四つん這いに這わされ、首輪の引き綱を引かれると、亜弥の白い裸身は強い屈辱に包まれていった。

だが、その屈辱は、強い安堵をあわせ持っていた。

〝我々は自由という名の刑に処せられている〟

亜弥はロシアの文豪の言葉をふと思い出した。

『なんだか……ほっとするわ』

不自由と屈辱を与えられているというのに亜弥の豊かな尻は、やすらぎと満足に輝いていた。

「さっ、行くのよ」

「ハイ」

不自由による安堵を満喫しながら、亜弥は豊かな尻を大きく揺すって歩み始めた。

9

部屋に入っても、亜弥にはまだなかの様子がわからなかった。四つん這いになると視点が低くなり、様子が呑み込めないのだ。

しかし、理恵には早くも事態がわかったようだ。

「そんな、あなた、杉本さん……やはりあなたも……ペットに……。まあ、犬のように繋がれて……」

だが、そう言う理恵も全裸で両手を吊られている。打たれたのか、白い尻がボウッと霞《かす》んだように桜色に染まり、目の縁には、光るものがあった。

「お前も首輪が欲しいのかい？」

貴彦に言われると、理恵が強く頷いた。

「まあ……なんて……」

赤い首輪を巻かれた熟女の顔に、やすらぎの表情が浮かび、理恵は床に固定した環に繋がれていく。

「さ、お前も……」

亜弥も同様にして繋がれた。四つん這いにされた二人の熟女は、丸く豊かな尻をそろえて突き出した。

「フフフッ……大きなお尻だこと」

麻衣が嗤う。貴彦がその後ろで何かの準備をしてるらしく、忙しく体を動かしている。

「できましたよ、姉さん」

貴彦が手渡したのは、二本の太い浣腸器であった。

「あら、きれいな色ね」

「ジャン・ピエールの赤を使ったんです」

「まあ、赤ワインを……どうりで素敵な色に仕上がったわ」

浣腸に使用されるグリセリンは、無色透明の液体である。貴彦はそれを水ではなく、ワインで割って浣腸器につめたのだ。

「そ、それを、どうなさるのですか？」

理恵の尻は青白く冷えた色に変わり、鳥肌が立っていた。

「お前たちのお尻を仕留めるのよ、もちろん。それ以外に使い方を知らないわ」

「あの、お前たちって……私もですの？」

亜弥の顔も青ざめていく。

「当たり前です」

「まあ……」

熟女たちは、麻衣の手に握られた浣腸器を見て、哀しげに溜め息をついた。

「同時に同じ量だけ注入します」

「我慢できなくなって、先に出したほうが敗けよ」

「敗けた方には罰ゲームが待ってますよ」

姉弟は交互に言った。

『まあ……ペットを競わせるということなのね……ひどい』

亜弥は思ったが、亜弥の胸中を見透かしたように麻衣が一睨《ひとにら》みすると、黙って首を垂れた。

「さあ、二人とも、お尻をもっと高くっ」

麻衣が号令をかけ、熟女たちの浣腸トライアルが始まる。

「が、頑張りましょうね、秋元さん」

理恵が、傍らで励ましの声をかけたが、亜弥はええと短く答えただけだった。

『どちらも頑張ったりしたら、勝負にならないじゃないの。それに、お薬を入れられてしまえば、あなただって変わるわ』

競わねばならぬ相手を励ます偽善を亜弥は胸のうちで罵《ののし》った。

『きっと、私の敗けね……』

波田理恵は、たぶん、ずっと前から貴彦のペットにされていたに違いない。ということは、お尻も相当鍛えられていることになる。あの私に引けをとらない豊かなお尻を貴彦さまが放っておくわけがないのだから。亜弥はそう思って敗北を覚悟した。

「さあ、いくわよ」

「やりましょう」

貴彦と麻衣は目を見合わせると、浣腸器を握りなおして熟女の尻に歩み寄った。

「ウグッ……」

「ヒェーッ……」

姉弟の手つきには容赦がなく、浣腸器を刺された熟尻が同時に呻く。

「ウウーッ……入ってきますわ」

「私もよ、亜弥さん……」

ワインの混じった薬液を注がれて、二つの白い尻が苦悶する。

「きれいね」

赤い液体がガラスの筒のなかで揺れ、白い尻朶に紅色の煌《きら》めきを反射させている。

だが、やがてガラスのなかの薬液も白い尻朶の狭間に消えていき、浣腸器は赤い煌めきを失った。

「アウッ……きくぅっ」

理恵の小さな呟きが始まりだった。

「アアッ……動いている……クク ッ」

亜弥も、効きめを見せ始めた薬液に白い尻を振って戦《おのの》いた。

「ムムッ……ウウ、出てしまいそう」

もっと我慢するのだと貴彦が自分のペットを励ます。

「亜弥っ、すぐに吐き出したりしたら、承知しませんからね」

麻衣も亜弥に声をかける。

「ウウッ……貴彦さま、もう許して。理恵は限界ですわ」

先に音をあげたのは意外にも理恵の方であった。白い豊かな尻をもじもじと揺すって、しきりに青年に許しを求めている。

「そんなことでは、ダメです。もっと耐えるのです」

「そんなっ……ウウッ……苦しいっ」

理恵は盛んに体を揺すり、排泄の許しを乞うた。

『案外にもろいこと……』

亜弥は意外な面持ちで脂汗を浮かべる理恵の横顔を見ていた。

『もう少し鍛えているかと思ったのに』

だが、それは亜弥の考え違いだった。何度も厳しい浣腸に慣らされた理恵のお尻は、いち早く薬液に反応してしまうのだ。それだけ敏感なお尻にされてしまっているのだ。

「アウッ……」

しかし、まだそこまで仕上がっていない亜弥のお尻にも、くるべき排泄感はやってきてしまう。下腹に動くものを感じながら、亜弥は白い歯を噛み締めた。強く噛んでも、全身が戦き、亜弥の歯はカチカチと鳴った。

「ウウッ……くるっ」

遠雷のような不気味な音が亜弥を脅かして鳴り続けている。

「ヒィッ……もうダメッ……行かせて」

理恵の頬には涙が流れていた。

「敗けを認めるのね」

切り込むように麻衣の声が飛ぶ。

「は、はい……」

「罰ゲームも……」

麻衣が畳みかけると、理恵は小さな声でいたしますといった。

「何だ……僕の敗けか」

貴彦は、年上の女の豊かな尻をピシッと叩くと、四つん這いで行くんだと熟女をトイレに追いやった。

「お前も……もういいわ」

理恵の情けないほどあっけない降伏に興味を失ったのか、亜弥もすぐに引き綱を解かれた。

「これを着て」

亜弥はジーンズとトレーナーを身につけ、スニーカーに足を入れた。

「お前は、これを……」

「まあ、こんなに短い……」

罰ゲームは『ミニでお買い物』だった。理恵は超ミニのフレアスカートを恐れるように見ていたが、麻衣が、もう一度入れてあげるわと浣腸器で脅すと、すぐにスカートをはいた。

「それでいいのよ……罰ゲームをしますって自分で言ったでしょう」

「ハイ、すみません」

謝った後、理恵は着衣の入れられていた籠を覗き込んだ。

「パンティはないのよ……」

エエッと救いを求めるように理恵は貴彦を振り返ったが、貴彦は、罰ゲームなんですよと取り合わなかった。

「ひどい……」

怨《えん》ずるような目でしばらく青年を見ていた熟女は、やがて意を決したようにトレーナーを被った。

「コンビニでサンドイッチと飲み物を買ってくるんだ」

「ハイ」

太腿を露わにした熟女は、盛んに短すぎるスカートを引きながら素足にサンダルをはいて出ていった。

「お前は、これを持って後を追うのよ」

「これは？」

「デジカメですよ」

「このカメラで理恵を撮って、こちらに画像を送るのよ」

「そんなっ……扱い方が……」

亜弥は尻込みしたが、

「大丈夫。ここに映るから……ここをオートにしてあるし……この窓を見てこのなかに理恵が映るようにすればいいのさ」

押しつけるように器材を渡されて、亜弥は理恵の後を追った。

「あ、あれね」

理恵の姿を見つけた亜弥は、歩みを緩めると、気づかれないようにカメラを構えた。自然な動きを撮るようにと言われてきたからだった。

「あら……」

亜弥は何だか申し訳ないような気がした。偶然にも、カメラを構えたとたん、理恵が財布を落としてしまったのだ。

『お尻が……』

腰を屈めて落とした財布を拾う理恵の姿が後ろからはっきりと撮れてしまったのだ。短いスカートがずれて、白い太腿ばかりか、尻の大半までもが映ってしまっていた。

財布を拾った理恵が、何かを感じたのか、ふと背後を振り返る。亜弥は慌てて身を隠した。理恵がまたスカートの裾をなおして歩きだす。

「ヒューッ」

いきなり口笛が聞こえた。亜弥が見ると、前から来た大学生らしい二人連れが、おばさんミニが似合うじゃないかと声をかけている。理恵は、小走りになって駆け抜ける。

だが、それがかえってよくなかった。

「なんだぁ……ノーパンか」

フレアの裾が風をはらんで、走った拍子にスカートのなかを見られてしまった。

「と、撮ったわ」

学生に声をかけられた様子も、翻《ひるがえ》りすぎたミニスカートの裾が理恵のノーパンを暴露してしまった状況も、亜弥は忠実にカメラにおさめていた。

「お、あのコンビニに入ったぞ……」

「ようし、おもしろい。待ち伏せしよう」

二人の学生は、物陰に隠れて理恵の買い物がすむのを待つことにしたようだ。

「あの……困ったことが……」

亜弥はもう一つ手渡された携帯電話で麻衣に連絡した。

「面白いじゃないの……そのまま撮り続けるのよ」

「そんな……」

「黙りなさい。敗けていたら、お前がさせられていたのよ」

言われて亜弥は黙った。

「おっ、出てきたぞ」

二人の学生は、コンビニから出てきた熟女を両脇から挟んだ。

「オバサン、ちょっと、そこまでつき合ってよ」

「な、何のご用でしょうか？」

理恵は気丈に二人を睨みすえた。

「あんまり、威張らないほうがいいんじゃない？」

「ど、どういうことかしら？」

「なあに、ご用は簡単にすむのさ。ちょっと、そこの公園に行って、仲良くお話ししましょうっていうご用なの」

「どうして、私が……」

「それ以上つべこべ言うと、大声でノーパンだって言いふらすぞ」

「そして、その短いスカートを捲って、みんなに見せちゃうよ」

「まあ……」

言葉を失った熟女は、みるみる真っ赤になった。

「さ、行きましょう」

「ね、そうしましょう」

赤くなった顔を背けて、理恵が小さく頷いている。

「そうそう。いい子ちゃんですね」

図にのった学生が、露わになった太腿を撫でている。両脇を学生たちに摑まれるようにして、理恵は公園に連れ込まれていった。

「あ、あそこね……」

亜弥は木立に身を隠しながら、三人に近づいていった。

「だから、そのお尻を見せなさいよ」

「そうそう。そこにしゃがめばいいでしょう。簡単なことですよ」

「ク、クヤシイッ」

理恵はあたりを見回したが、人影のないことを知ると、あきらめたように二人の前にしゃがみ込んでいく。

「オオッ……スゲェーッ」

二人は理恵の短いスカートを捲り、尻を露わにしている。木漏れ日を弾いて白く輝く尻は、女の亜弥の目から見ても美しかった。そして、それは嗜虐を誘う危うさに満ちた尻でもあった。

「ねえ、そのままオシッコして見せなよ」

果たして学生の一人が掠れた声をあげた。

「そうだよ……どうせしゃがんだんだ」

もう一人も少し上気した顔で熟女に詰め寄った。

「そんなっ……お尻を見せましたわ。これ以上は……」

「しちゃいなよ」

「人を呼びますわよ」

理恵が毅然とした態度を装ったが、二人の若者は動じなかった。

「呼ぶといい。ストリッパーは客が多いほどノルそうだ」

尻を晒して見せ、しゃがみ込んで秘唇さえ露わにした熟女を若者たちは少しも恐れていなかった。

「そうだ。お前ちょっと押さえていろよ」

「ああ、いいよ」

一人が理恵の肩を上から押さえ込むと、もう一人があたりの草を引きぬいて理恵の股間を覗き込む。

「アッ……イ、イヤッ……ヒッ」

穂状の実をつけた雑草で股間を嬲られると熟女の尻が苦しげに蠢いた。

「ヤ、ヤメテッ……」

だが、執拗な擽《くすぐ》りに、理恵の白い内腿がブルッと震えた。

「アッ……ダメッ……そこはっ」

むっちりと白い太腿を柔らかく擽られるとしだいに緊張がゆるむ。

「アヒッ……ダメッ」

理恵の泣くような声とともに、股間から銀色の一筋が迸る。

「オッ……」

二人の若者は、品のよい熟女の放尿に、ぎょっとなったが、その後は痴呆のようにその羞かしい姿に見惚れている。

「撮りました」

報告すると、麻衣がそろそろ二人とも帰っておいでと言った。

「クゥーッ……俺、もう我慢できない」

「俺もだ」

学生たちがズボンを下ろそうとしている。

「あなたたちっ……何をしているのっ。警察を呼んだわよ」

突然亜弥が大声で言うと、二人はギクッと顔を見合わせた。

「どうする……？」

顔を見合わせた二人は、まだ理恵の肉体に未練があるようだったが、亜弥がカメラを取り出して、写真を撮って警察に渡すと脅すと一目散に逃げだした。

「ありがとう。助かったわ」

「いいのよ」

だが、『ペルソナ』に戻った理恵は、放尿の一部始終を録画されていたことを知って、真っ赤になった。そして悔しそうな顔で亜弥を睨んだ。

「あんな角度からカメラに撮っている間に助けてくだされればよかったのに」

ディスプレイには、銀色の放物線はもとより、漆黒の茂みまではっきりと映っていた。

「だって……あそこのところは……」

意外ななりゆきを面白がる貴彦と麻衣が、しっかり撮れと命じていたのだ。助けたりするわけにはいかなかったのだ。

「しかたなかったのよ」

「ひどい……ひどいわ……」

理恵の怒りは、命じた二人にではなく、羞かしい行為を撮り続けた亜弥に向けられた。

「ホホホッ……喧嘩しないのよ」

「でも……」

「二人ともよく頑張ったわ。この次までにいいものを作ってあげるから……」

いつまでもふくれてる理恵を宥《なだ》めるように麻衣が言った。

10

突然送られてきたそれはネックレスと呼ぶにはふさわしくなかった。

「パールはミ××トだわ……でも」

ネックレスにしては、両端を止める金具がついていない。送り主は麻衣であったが、手紙もメモもついていない贈り物に亜弥は首をひねった。

「宝石のデザインが決まったわ」

麻衣から連絡があったのは、亜弥が首を傾げている最中だった。

「明日、こちらに来られるかしら?」

「ええ……今日でもいいんですけど」

麻衣は少し考えていたが、やはり明日にしましょうといった。

「あ、あの、もしもし」

そのまま切れそうになった電話に亜弥が慌てて呼びかける。

「何かしら?」

「あの……パールが届きました。ありがとうございました」

「そう。もう着いたのね。明日はあれをつけていらっしゃい」

「は……はい。でも……」

亜弥はどうやって首につけるのかを聞こうとしたが、電話は切れてしまった。


「ほう、そうきましたか。苦労したようですね」

亜弥が『ペルソナ』のドアを開けると、貴彦が亜弥の胸元のパールを見て言った。微かな笑いは揶揄《やゆ》を含んでるようで、気にかかった。

「あら、首につけたわけね」

麻衣の目も嗤っていた。

「亜弥さんは真面目な方なのね」

理恵までが嗤ってるのが癪《しゃく》に触った。

『どうしたというのかしら？』

苦労して真珠の繋がったものを糸で結び、どうにか首にかけられるようにしてきたというのに、三人はそれを嘲笑っている。

「あなたの敗けね。今日は」

麻衣の目はまだ嗤っている。

「どういうことですの？」

「それはね、ネックレスではないんです」

貴彦はきょとんとしている亜弥を見て、とうとう笑いだした。ほかの二人もつられたように笑う。

「ま、まあ……それでは……」

自分は何かとんでもない間違いをおかしたのだ。亜弥は狼狽したが、どうにか首からパールを外した。

「これは……いったい……？」

「見せてあげなさい、理恵」

貴彦が命じると、理恵はハイとソファの肘掛けに両手をついた。少し得意げに尻を突き出す。

「捲るんだ」

理恵は、片手で自らのスカートを捲り上げていく。シャイニングブラウンのガーターに飾られた白い豊かな尻が露わになる。

「こっちに来て、見るといい」

手招きされて理恵の背後に回った亜弥は、まあっと言ったきり、言葉を失った。

「これは……このようにして……使うものだったのですね」

亜弥は驚きの覚めぬ顔で呟いた。理恵のアナルがパールを呑んでいるのだ。たった一つだけを外に出し、他のすべての粒がアナルの奥に消えている。

「アナルパールというものがあるのをご存じなかったみたいね」

『ペルソナ』から贈られたパールをアナルに秘めてやってきた理恵は、得意気に亜弥を見返した。理恵の豊かな双臀が誇らしげに揺れている。

「おっしゃっていただければ……」

亜弥は知っていれば、自分だって理恵のように体内にパールを呑んできたのにと悔しかった。

「そこまで考えて実行するのが、うちの会員なのよ」

麻衣の口調は厳しく、亜弥はすみませんと頭を下げる。

「いずれにしても、罰ゲームですね」

「ええっ……」

理恵が受けた罰ゲームの羞かしさを亜弥はよく知っている。みるみる青ざめる亜弥を見ながら、麻衣が亜弥を呼んだ。

「着ているものを脱ぎなさい」

「そんな……」

だが、亜弥は三人の前に裸を晒《さら》さねばならなかった。

「理恵、首輪を……」

白い乳房も、豊満な尻も露わにした亜弥の首に、黒革の首輪が巻かれた。

『こんなに……羞かしいものなのね』

周囲を三人に囲まれて亜弥は思った。三人は着衣のままなのだ。理恵さえも裸にされてはいない。一人だけ裸に剝かれ、裸身を見られている羞かしさに亜弥は全身を薄赤く染めていた。

「これを……」

「ああっ、それは……おやめになって」

理恵が股間から突き立てているのは、かつて麻衣が腰に装着して亜弥を嬲った張り形であった。

「堪忍して……り、理恵さんにはさせないで……許して、麻衣さま」

「ダメよ、これは気のきかないペットに対するお仕置きなのよ」

「そんなっ……ひどすぎますっ」

だが、犬のように繫がれた亜弥は逃げることもできなかった。

「これを銜えられるなんて……立派なお尻ね」

「アウッ……ヤメテッ……」

そろりと理恵が尻を撫でると亜弥は嫌がって尻を振った。

「今日は、お前の好きにしていいよ。パールを呑んできたことに対するご褒美なんだから」

「ハイ」

理恵は恭《うやうや》しく貴彦の差し出すローションを受け取ると、それを指に落とした。

「少し塗ってあげます。痛くないように」

親切そうに聞こえるが、理恵の言葉はこれからの苦痛を暗示して亜弥は心理的圧力を受けている。

「ウウッ……ヤメテッ……するならすぐに……してっ」

「あら、そんなに急いで銜えなくても……お時間はたっぷりありますのよ」

「アウッ……ヒッ……ア、アナルを嬲られるのはイヤヨッ」

ローションをまぶした指が、ゆっくりとアナルの肉襞を押し揉んでいく。

「あらっ……柔らかくしてあげてるのよ。あまり苦しまずに呑めるように……」

「ヒィッ……アナルゥー……イヤンッ」

いつもは貴彦にたっぷりと施されているだけに、理恵のアナル・マッサージは丹念で上手である。

『いけないわ……感じさせられたりするもんですか……』

亜弥は必死で平常心を保とうとするのだが、しだいに白い尻がおもねるように揺れてしまう。

「ウウッ……アンッ……いや、もっと」

理恵の白い指が浅いところを出入りすると、豊満な尻がグイグイ下がって奥まで指を誘なう。

「アンンッ……いやっ……もっと奥までいらして」

爪が隠れるくらいしか埋めてもらえない指を追って白い尻が蠢く。

「どのくらい奥まで……入れて欲しいのかしら？」

理恵の声が意地悪く響く。

「ムムッ……そんなっ……アンッ」

亜弥はできたら返事をしたくないと思ったが、理恵の指は巧みだった。普段自分が責められているだけに、白い尻の弱点をよく知っていた。

「どうかしら……もう止めていいのかしら」

「ひどいっ……意地悪しないで……もっとお尻を……」

「そうなの」

ウッと亜弥の白い尻が緊張を見せる。突然白い指がグイッと奥まで突き入れられたのだ。

「アヒィッ……ウウッ」

豊満な白い尻は、一瞬の停滞ののちに、ググッと後ろに突き出されてくる。

「フフッ……すごいわね」

クイクイッときつく指を締めつける感触を面白がって理恵は嗤った。

しかし、もう亜弥はかまっていられない。アナルがギュウギュウと理恵の指を締め上げていく。

「アゥッ……アアッ……アヒィッ」

はしたないと思ったが、もうアナルをコントロールするだけの余裕が亜弥からは失われていた。

「ヒィッ……イヤッ……感じすぎて恐い」

亜弥の白い尻が昇りつめていく様子を三人がじっと見ている。

「では、こちらを入れる番ですわね」

亜弥の尻がまだ悶えるように振られていたが、理恵はその双臀を摑んで引き寄せる。

「アアッ……イヤッ、そんなっ、太い、堪忍して……」

だが、亜弥の豊かな尻は、従順に理恵の手元に差し出されていく。

「ウヒッ……ヒッ」

シリコン製の淫具は、人体によく似た感触を持っていた。それが肛門に押しつけられると、亜弥の美尻が激しく振れて逃げ回る。

「そんなオーバーな……」

逃げる尻を摑みなおして理恵が言う。

「そんなことを言われても……」

「でも、もう何度も呑まされているんでしょう」

貴彦のものはもちろん、それを模した張り形も、麻衣の手でアナルに入れられたことがある。

「だから……」

入れられたことがあるだけに、亜弥はその恐さを知っているのだ。

『死ぬほど感じさせられるのよ』

強烈な悦びをもたらす淫具を亜弥は心底恐れていた。

『あんなにされたら……また、狂うわ』

それも、麻衣の手で嬲られるならまだいい。同じペットとして扱われている理恵の手で狂わされるのだけは何としても避けたかった。

「さ、少しおとなしくして……」

しかし、細い指が食い込むほど摑まれたお尻が、再び理恵の手元に戻っていく。

「アンッ……堪忍して」

だが、先端を呑み込まされた亜弥の声は甘く、どこか華やいで聞こえた。

「ムムッ……そんなに強くしないで」

「フンッ……甘えた声をおだしになってもダメですわ」

グッと侵入してきた責め具に、亜弥は白い背中を反らした。

「アアッ……きつい……理恵さん、お願いよ、もっと優しくして……アムムッ」

グイグイと腰を押しつけ、一気に太いものをアナルに入れてくる理恵に、亜弥が悲鳴をあげて哀願した。

「優しくなんて、してあげるものですか」

不意に冷たい声を背中に浴びて、亜弥がハッとなった。

「イヤッ……ヒィッ……もっとゆっくり」

亜弥がすすり泣きを始めると、理恵は、もっといい声でお泣きなさいと言った。

「そんなにっ……ウウーッ、なんだか」

「この前は、よくも私の羞かしいところを写真に撮ったりしたわね。それ、もっと泣くのよ……それそれ」

理恵は尻朶を強く引き寄せては、急激な一撃をアナルに送り込む。ドーンという甘い衝撃に亜弥がうっとりすると、急激に砲身を引き抜いていく。

「アウッ……ゆっくり退がって……」

強い摩擦にアナルが急速に甘美な悦びを紡《つむ》ぎだす。

「アンッ……イヤヨッ……感じていく」

何度も抽送されているうちに、アナルに蕩けるような歓喜が訪れた。

「それっ……イクのよ。イキなさい……それそれ……」

恨みをこめた荒々しい抽送にも、亜弥のアナルは忠実に応えて、白い尻はやがて完全に屈伏していった。

11

深夜のクリニックは人気もなく、明るすぎるほどの灯が廊下を照らしているだけだった。

「本当に、ここでいいのかしら？」

亜弥の不安が最高潮に達した頃、廊下の奥から歩いて来る足音が聞こえてきた。

「あ、あの……秋元ですけど。こちらでよろしいんでしょうか？」

「ああ、秋元さんね。お待たせしました」

白衣を着た中年の医師は、身振りで診察室に入るように示した。

患者用の丸椅子に亜弥を座らせると、中年の医師は、改めて指示した。

「では、全部脱いでその青い服に着替えて……」

亜弥は言われるままに着ているものを脱ぎ、手術着に着替えた。

「しかし、ピアス用のホールを開けにくる患者は多いが、この部位は珍しい」

亜弥は、赤くなった顔を背けるようにしてベッドに横になった。手術着の裾を捲って下腹を露わにした医師が、まだ笑っているような気がした。アルコールで消毒された秘唇がスーッと冷たくなる。

「はい、少しチクッとしますよ」

ラビアが摘まれて、熟女はまた頬を染めた。

「ウクッ……」

敏感な肉襞に鋭い痛みが走り、亜弥は目を閉じた。

「大丈夫。すぐに感じなくなりますよ。はい、もう一カ所……」

二度目の注射は、心なしかそれほど痛くはなかった。それから何カ所かに注射されるにしたがって、亜弥の秘部は感覚を失った。

「さあ、もう効いてきたでしょう。一気にいきますよ」

麻酔注射の時間も入れて、十分ほどでそれは終わった。

「今晩だけ痛むかもしれませんから……」

中年の医師は痛み止めの薬を入れた紙袋を渡すと、まだ亜弥が着替えているのに、奥に引っ込んでしまった。

亜弥は医師の背中に礼を言うと、急いで着替えをすませ、外に出た。

「よかったわ、あっさりした先生で」

外に出ると、上気した頬がしだいに元に戻っていくのがわかった。

「お見せ……」

『ペルソナ』の奥の部屋に入ると、麻衣はすぐに亜弥のスカートに手をかけた。パンティは許されていないので、白い尻がすぐに露わになった。

「フン、ガーターはこの前あげたものをしている。可愛いこと」

麻衣は、亜弥が自分が与えた下着を着けているのを見ると、表情を和らげた。

「さあ、脚を開くのよ」

スカートを捲られた亜弥は、全身で恥じらったが、麻衣の強い視線に出会うと、従順に脚を開いていった。

「ウッ、ウゥ……」

「あら、なかなかいいみたいね」

恥部を摘まれて亜弥が喘《あえ》いだが、麻衣はピアス用の穴の開いた秘唇をしげしげと見つめている。

「も、もう、お許しを……」

亜弥が脚を閉じようとしたが、麻衣は許さなかった。

「お脱ぎ……」

「ヒィッ……ハ、ハイ」

敏感な肉芽を指先で弾《はじ》いて麻衣が命じると、亜弥は豊満な体をピクンと強張《こわば》らせたが、素直に頷いた。スーツ、スカート、ブラウスと順に脱いでいく亜弥は、医師の前で裸になったときよりも強い羞恥を覚えた。

「ガーターはそのままでいいわ。いつも立派なバストね」

ブラを外すと、窮屈さを逃れた乳房がこぼれでて、麻衣はそれを下から持ち上げた。

「この胸にも、可愛いアクセサリーを考えてあげるわね」

ギュウと強く乳房をつかまれた亜弥は声もなく眉を寄せた。

「とにかく今日は、そちらからね」

麻衣は亜弥をベッドに寝かせると、茂みのあたりを指した。

「アア……」

凝脂をのせ、陶器のように艶やかに光る太腿に手をかけられると、亜弥は声をあげた。

「もう少し、開いて……」

麻衣が声をかけると、亜弥の長い脚は、ゆっくりと開かれていく。

「さあ、ご覧。これがお前のために用意したピアスよ」

「まあ、なんて素敵な赤……ルビーですのね」

「そう。今つけてあげる」

麻衣は、亜弥の茂みの下に手をのばした。

「ま、なんて摘みにくい……ぐっしょりよ」

「おっしゃっては……イヤ」

亜弥が身をくねらせた。麻衣の前に裸を晒すだけで、潤沢な淫汁があふれ出る。

それは羞かしい場所に触られると、さらに量を増した。

「ウウッ……」

秘唇を広げられると、喘ぎが亜弥の口から漏れる。

「ヒッ、冷たい……」

肉を貫いた金属はまだ冷たく、亜弥は白い裸身を小さく震わせた。

「さ、ついた……自分でも見てみるといいわ」

亜弥が半身を起こして、自らの股間を覗き込む。

「な、なんて淫らな……でも、美しい……素敵な赤」

薄桃色のラビアに金色のピアスが鈍く光り、その先に血のように赤い宝石が煌めいていた。

「このクリトリスも、ルビーのように真っ赤にするのよ」

「ウヒィッ……ムムッ」

敏感な肉芽を摘まれて亜弥の背中が大きく反った。

「さあ、いくわよ。ここが血の色になるまで励むのよ」

いつのまにか全裸になった麻衣は、腰にディルドォを装着していた。

「ハイ」

亜弥はちらとディルドォに目をやると、羞かしげな目をしたが、すぐに迎え入れる表情になった。

「アヒィッ……ウググッ」

男のもののような荒々しい挿入に亜弥は大きな声をあげたが、すでに濡れそぼっていた秘裂はやすやすと大きな擬似男根を受け入れていた。

「ヒーッ、深いっ」

ズンと子宮口の奥に達したものの衝撃に亜弥は口を半開きにしている。蕩けるような表情を見ると、麻衣は一気呵成に責めた。

「ウヒーッ、麻衣さま……もっと、優しく、優しくなさって……アンッ」

猛々しく、強力な送り込みに、亜弥は白い裸身を反らせて何度も声をあげた。むっちりした太腿が、白い蛇のように麻衣の腰に絡みついている。

「ヒッ、そ、そこはっ……ウウッ、感じてしまう」

肉芽に麻衣の指がのびると、亜弥は熱い腰を激しく突き上げた。

「さあ、気を入れるのよ……まだまだルビー色になっていないわ」

秘唇の縁にぷっくりと膨れ上がったものは、充血して赤く輝いてきたが、まだピアスのルビーには及ばなかった。麻衣の腰がさらに性急に熟女を責め立てる。

「それそれっ、亜弥っ、おいき、いくのよっ」

麻衣は、細い体に秘めた強靭なばねで熟女を責め立てた。

「麻衣さまっ、も、もう亜弥は……」

何度もいったのだと言う亜弥の声が耳に入らぬのか、麻衣は止めなかった。麻衣の額から、汗が玉になって飛び散っている。

「ヒーッ……もう許してっ」

ひときわ高い声を上げ、白い脚が宙を蹴って、亜弥はとどめを刺されていた。

「やっぱり……駄目ね」

投げ出した脚を閉じることも忘れて亜弥が息を整えている。その股間を覗き込んで麻衣が呟いた。

「アンッ……イヤンッ、あ、また」

白い裸身を微かに震わせて小さな余韻が通りすぎていく。熟女はそのたびに甘えた声をあげ、シーツに頰を擦りつけた。

「××××になるのよ」

「え……？」

少し苛立ちを含んだ麻衣の言葉を亜弥は聞き逃したようだった。

「四つん這いにおなり、早くっ」

ピシッと横になっている亜弥の尻が打たれる。白い尻朶は、激しい打擲に、二、三度波打った。

「聞こえないの？」

「ハ、ハイ。ただ今……」

麻衣の叱咤に、亜弥は飛び起きて四つん這いになった。豊かな白い尻がおずおずと迫り出して、麻衣の前に捧げられる。

「フン、やっぱりお前はお尻ね」

白い尻を麻衣はゆっくりと撫でた。豊かな尻をいとおしむような表情を浮かべていた。だが、その表情の下にはいとおしむものを虐《しいた》げずにはいられぬ狂暴な麻衣の性格が隠されている。

「亜弥は、お尻をぶたれますの?」

「そうねえ。前戯としては最高かもしれないわね」

「あ、そのおつもりはなかったのですね」

「そうだけど、お前が欲しがってるみたいだからね」

麻衣は亜弥の言葉に触発されたように、六条鞭を取り上げた。

「や、やめて……おやめください。私は何も欲しがったりは……ヒィッ」

熟女の制止を遮《さえぎ》って、六条鞭が豊満な尻朶をとらえた。ヒィッと泣いた熟女は背中を丸めていたが、ハッと気づいたように突然前に躄《いざ》った。

「お前には、まだ躾けが必要なようだね」

亜弥の豊満な尻を抱き、ズルッと元の位置に引き寄せると、麻衣は動くんじゃありませんと言った。

「ハイッ」

厳しい声で命じられた亜弥は、体を硬くした。

「これをつけることにしましょう」

亜弥のお尻のあたりで、チャラチャラと金属の擦れる音がした。

「鎖を……アア、そんな」

亜弥が覗き込むと、ラビアに取り付けられたピアスに銀色の細い鎖が通されていくところだった。

「これで、もう逃げたりできないわよ」

ネックレスに使うような細い鎖の端末はベッドの脚につながれていた。

「ウヒィッ、ウギャッ」

抗議する間もなく、革の鞭が亜弥の尻で乾いた音を立てた。思わず前に逃げた亜弥は、秘唇を強く引っ張られ、獣じみた声をあげた。

「ウヒーッ、ヒーッ」

涙を流しながら、白い尻は麻衣の手元に戻っていく。

「ヒーッ、お、お許しをっ」

部屋のなかに、パシッという乾いた鞭の音と、熟女の高い悲鳴が長い間交錯した。

「アァーン、アウッ、アンッ」

「そろそろ、いいわね」

亜弥の高い悲鳴が、やがて鼻にかかった甘え声に変わると、麻衣はようやく六条鞭を置いた。

「アッ、アンッ……今度はアナルを……」

アナルを責められるのですねといった亜弥の声はひどく静かだったが、ある期待に満ちていた。

「アア、お尻が……」

疼く尻を二つに分けられて、亜弥が喘いだ。ルージュをひいた赤い唇が光る。

「よしよし……これも言いつけどおりね」

尻朶を二つに割ると、アナルにだけつけられているギ・ラロッシュが華やかな香りを強くした。

「アッ、アウーッ……ムムッ」

蕾のようなアナルを麻衣の指が揉みほぐしていくと、亜弥はたまりきれなくて、身をくねらせる。白い尻が踊るように左右に揺れた。

「アッ、アンッ、指は、もう……」

亜弥が訴える。

「お尻は、きれいにしてあるんでしょうね?」

「ハイ、出掛ける直前に……お浣腸を」

自らの手で清めてきたことを誇るように、亜弥は豊かな尻を揺すってみせた。

「さ、大きく息を吐いて……」

「かしこまりました」

尻朶を麻衣がつかみ直すと、亜弥の声がやや緊張した。

「ムムッ……」

アナルにジリッと押しつけられたものは、無機質なディルドォのはずなのに、亜弥にはひどく熱いものに感じられた。

「ウグッ……クゥーッ」

亜弥の背中がしだいに丸くなっていく。嚙みしめた歯がカチカチ鳴っている。

「クゥッ、グハッ……ア」

もっとも狭隘な部分を先端が通り抜けると、亜弥は、「ア」といつも驚いたような声を出してしまう。

「アーッ、擦れるっ……つ、つらい……」

太いものがアナルを出入りしはじめると、亜弥は苦しげに眉を寄せた。

しかし、麻衣に与えられる羞恥や苦痛はいつも歓喜をともなっている。

「ヒーッ、急がないでっ」

麻衣の繰りだす力強いストロークに亜弥は何度も背後に哀願した。

「もっといい声でお泣き」

「ヒーッ、ヤメテッ、これ以上はっ、死ぬっ」

憑かれたようにアナルを責め続ける麻衣に、亜弥は恐怖を覚えた。それほど激しい尻責めであった。

「ヒーッ……もう堪忍なさって……」

グゥッと背を丸めた裸身が急に弛緩して、ぐったりとなった。

しかし、まだ豊満な尻は差し出されている。

「よしよし」

極みに達してもなお捧げるように差し出されている尻を麻衣は満足気に軽く叩いた。

「さあ、見せるのよ」

亜弥の脚をさらに広げさせると、麻衣は、後ろから秘裂を覗き込んだ。

「思ったとおりだわ」

亜弥の肉芽が、ラビアのルビーに劣らぬほど真っ赤に充血しているのを見て、麻衣はさらに満足気な表情を見せた。

「やっぱり、お前はお尻なのよね……」

もう一度呟くと、麻衣は、臈《ろう》たけた年上の女にようやく服を着ることを許してやった。


「ねえ、亜弥……」

「なんでしょうか？」

麻衣のもとを訪れた亜弥は、今日も裸にされていた。

「そのピアスは気に入って？」

「ええ、もちろんですわ」

「似合うと思っている？」

「ええ……自分でいうのも何ですけど、とても似合っていると……」

「そう。私が作っただけあって、そのピアスはとてもお前のオ××コに似合うわ」

下品な言葉も、麻衣の口から出ると、さほど気にならなかったが、亜弥はやはり少し赤くなった。

「よく似合うだけに、これがあると見にくいのが難よね」

これ、と麻衣が摘んだのは、亜弥の恥毛であった。

「そ、そうでもないと……」

「いいえ、邪魔よ。こんなものが、もじゃもじゃあるせいで、私の傑作が隠れてしまうのよね」

「そんな、こんなによく見えますわ……」

「いいえ。もっと見やすくしてあげたいわ」

「そんな……これでも十分」

「お黙り。見えにくいわよね」

にらまれて、亜弥はハイと頷いてしまった。

「邪魔なものは除いてしまいましょうね」

「そ、そんな……」

だが、麻衣の言いつけに逆らえない亜弥は、黙って下を向いた。

「さあ、こちらにくるのよ」

シャワールームに亜弥を連れ込むと、麻衣は有無を言わせず洗い椅子に座らせてしまう。

「膝を立てて……ほら、もっと開いて」

亜弥のむっちりした腿に手をかけると、麻衣は大きく脚を開かせる。茂みの下で、ルビーのピアスがキラキラ光っている。

「あの……毛を剃られるのですか？」

「そうよ……」

何をいまさらというように麻衣は亜弥を見た。

「短くするだけでは……」

刈り込むだけで許してもらえないかと亜弥は婉曲に訴えたが、麻衣の返事はにべもないものだった。

「チクチクしてよけい邪魔になるわ。もう諦めなさい」

「でも……ピアスが見えさえすれば……」

「ダメッたらダメよ……全部剃りあげるわ。どうしていやなの？」

「だって……剃ったら子供みたいで……」

その飾り毛を剃られても、たぶん日常の生活に支障が出ることはないだろう。

しかし、それを奪われることは、大人の女としての意識を失わされることになるのではないか。それは、取りも直さず、女としての誇りを奪われることなのだ。

亜弥は、必死で訴えてみた。

「駄目よ」

「なぜですの？」

「ペットを自分の思うようにトリミングするのは、飼い主の楽しみのひとつだからよ」

「……」

亜弥は年下の女のペットという言葉に驚いた顔になったが、逆らえず、下を向いて小さく頷いた。

「よしよし、それでいいのよ」

亜弥が承知すると、麻衣は見違えるほど上機嫌になり、亜弥の細い首筋を叩いた。

「こっちにおいで」

「ハイ」

シャワールームに連れ込んだ亜弥に、麻衣は大きなバスマットを指した。亜弥は頷き、その上にゆっくりと体を横たえた。

「さ、これを……」

　成熟した熱い腰の下にバスピローが差し込まれ、仰臥した熟女の秘部が迫り出す。

「さあ、もっと脚を開くのよ……もっとよ」

命じられた熟女のむっちりした太腿が徐々に広げられて、秘部の赤い裂け目が麻衣の前に露わになっていく。漆黒の翳りに、やや熱めのシャワーを注ぐと、麻衣が泡立てた石鹸を乗せる。

「あらあら……意外と量があるのね」

「おっしゃっては嫌です」

亜弥の体毛は濃い方ではなかったが、なぜかその部分だけは毛深く、亜弥自身もそれを普段から気にしていた。茂みを摘んで麻衣が見入っているのを知ると、亜弥は真っ赤になった顔を両手で覆った。

「さ、動いたら駄目よ」

はいと亜弥が小さく答えると、茂みにシェーバーが当てられる。ゾリッと金属が茂みを刈り取る感触に、亜弥がアッと声をあげたが、白い下肢は開かれたままだ。

「さ、そんなにビクンと脚を動かしてはいけないわ」

怪我をするわよと言う間も麻衣の手は器用に動いて、亜弥の翳りを剃り落としていった。

「アンッ……なんだか……」

なんだか変になりそうですと、亜弥はさらに赤くなった。麻衣の指で秘唇を摘まれ、いろいろな方向に引っ張られているうちに、もよおしてきてしまったのだ。

「フフッ、そういえば、だいぶ溢れてるわね」

「イヤンッ……麻衣さまの意地悪っ」

秘裂に入った指が、湧き出た淫汁をすくってみせると、亜弥は腰をうねらせて甘い声を立てた。

「ウヒィッ……そ、そんなことより……早く終わらせてくださいませ」

巧みな指先に陰部を玩弄されてこみあげてきた快楽は意外なほど大きかった。亜弥は、破局の訪れる前に、この羞かしい剃毛だけは終わらせてしまいたかった。

「そうね……トリミングが先だったわね」

指を締めてくる秘唇の感触を楽しんでいた麻衣は、ようやく指を抜いた。

「さあ、少し奥をやるわよ」

蟻《あり》の門渡《とわた》りと呼ばれるあたりも丹念に剃刀が撫でて、やっとペット、の毛づくろいは終わった。

「終わったわ」

「ありがとうございます」

亜弥の下腹から、黒い茂みはすべて剃り落とされ、童女のように白い恥丘と、それに続く赤い秘裂が露わにされている。

「ホォーッ、なんだかすごいわね」

麻衣は、成熟した豊満な尻と、童女のようになめらかな下腹とを見比べて、その不思議なコントラストに見入っている。

「あの……麻衣さま……」

それを言い出した亜弥の目は、言い出したことを恥じらっていた。

「亜弥に、躾けをしてくださいませ」

「え？」

だが、亜弥の潤んだ目を覗きこんだ麻衣には、すぐに亜弥の願いがわかったようだ。ペットと飼い主の阿吽《あうん》の呼吸であった。

「すぐに寝室に行くのよ」

「ハイ」

麻衣はそれを口に出して命じなかったが、亜弥は当然のように四つん這いになって廊下を進む。豊かな尻朶が、身動きのたびに、ユサリ、ユサリと揺れながら進んでいく。麻衣はそれを後ろからじっと見ながら亜弥を寝室に追い立てる。

「さ、これが欲しいんだね」

六条鞭が垂れて、脅すようにゆっくりと尻朶を撫でていく。

「ハイ、きれいにしていただいた亜弥のお尻を、さらにしっかりと躾けてくださいませ」

白い尻が、待ち切れぬように迫り出してくる。白さと豊かさを誇るように揺れる尻を、六条鞭がさらにひと回り撫でる。

「ヒッ……」

突然振り下ろされた鞭が豊満な尻を嚙んで、亜弥は短く一声叫んだ。

「ヒィッ、ヒィィッ」

一度尻朶を打った鞭先は、円を描いてまた同じ場所に振り下ろされてくる。パシッ、パシッと続け様に尻を打たれて、熟女はヒーヒーと声をあげて泣いた。

しかし、豊かな尻は、しっかりと差し出されて鞭の洗礼を受けている。

「よし。今日はこれくらいでいいわ」

「ありがとうございました」

泣き濡れた亜弥の顔は、晴れ晴れと輝いていた。それは、ご主人さまを持つ者だけが知るあることに目覚めた表情であった。かしずくことの悦びを知った者の表情であった。

「一生懸命お仕えいたしますから、どうぞお見限りなく」

年若い女主人の前に熟女がひざまずく。

「よしよし……」

麻衣に頭を撫でられて、身をくねらせる亜弥の股間で、ルビーのピアスが、紅色の光を放って揺れていた。

媚尻女教師・冴子

1

ぼうっと、近くに見える月が、輪郭《りんかく》を霞《かす》ませて見える。少し湿った風が、どこからか甘い花の香りを運んでくる。

「沈丁花《じんちょうげ》ね」

「ウン」

いつも塾から一緒に帰る優美《ゆみ》ちゃんも花の匂いに気づいたようだ。

(さすがに女の子だな)

微かな花の香りに気づいただけでなく、花の名前まで言い当てた優美を、名前など考えもつかなかった明彦《あきひこ》は感心して見つめた。

そうなんだ。優美ちゃんは、いつも思慮深くて、そうして美人なんだ。それは僕だって六年生の男子では、成績はトップさ。女子のトップの優美ちゃんといつも張り合ってるし、バレンタインのチョコレートだって一番多い。だけど、この細かい気配りや、考えの深さでは優美ちゃんにはとてもかなわない。でも、クラスの奴らは言うんだ。とても似合いのカップルだって。

「ねえ、あの信号待ちしてる車、校長先生じゃない？」

「え？　ああ、そうかな」

「そうよ」

沈丁花の香りよりも、もっと甘ったるい顔で少女を見つめていた明彦は、突然優美と目が合ってしまい、慌《あわ》てて言われた方に顔を向けた。

「あれよ、あの白いアウディ。校長先生だわ」

時刻は、夜の八時を回っていたが、数の多い街灯と、付近のビルから放たれる看板や広告灯のせいで、信号待ちしている車のなかは、運転する校長の欠伸《あくび》まで見てとれる。

「ああ、確かに校長先生だけど、横に乗ってるのは……誰だろう？」

「冴子《さえこ》先生よ。あれは、今日着ていたスーツだわ」

模様に覚えがあると、優美は女の子らしい観察をしており、確信を持って言った。

「どこへ行くんだろう、先生たち？」

信号が青になると、車は、二人の帰る方向とは反対に折れていった。明彦と優美は、疑問というより、疑惑のこもった目を見合わせ、頷《うなず》き合った。この大きな通りのこちら側はオフィス街であったが、反対側には深い森を利用して作られた公園があり、その裏手には、ある目的を持つ者たちが利用するホテルがいくつも建ち並んでいた――。

*

「ジャーン、ＹＫ探偵団結成」

二日後の放課後――。二人は右手を高く上げると空中で、手のひらをパシッと合わせた。

「でも、どうしてＹＫ？」

「ばかね、山下明彦・黒川優美のイニシャルじゃないの」

「あ、そうか」

あなたの名字を先にしてあげたのよと、追い打ちをかけられ、明彦は鼻白んだ。

「いい？　作戦を練るのよ」

二人はいつも、どちらかの親が車で迎えにくるはずのファミリーレストランに行き、迎えが来るまでに、明日からの行動を打ち合わせてしまうことに決め、小走りになった。

「今日仕掛けたからって、今日行くとは限らないよ。スーツだって替えるだろうし」

「明日は休みよ。絶対に今日行くわ」

父が、電気器具販売店を市内に何店舗も持っている明彦は、すぐに盗聴器を調達してきたが、仕掛ける段になると、怖じ気づいた。優美は、今日でなくてはダメだと励まして、ようやく冴子先生の服に盗聴器を忍び込ませたのだ。

（ゲゲッ、これって、もしかしてＳＭってやつじゃないか）

優美の指示にしたがって、明彦が冴子先生の服のポケットに盗聴器を仕掛けると、二人は、ホテルの正面の公園で受信することにした。ベンチに並んで座り、レシーバーを一つずつ耳に入れている二人は、仲良く音楽を楽しんでいるようにしか見えなかったが、聞こえてくる内容は、楽しい音楽とは、ひどく違っていた。

(校長先生が奴隷だわ)

二人は、ニヤリと笑って頷き合った。

『よくも、会議でこの私に、注意など与えたわね』

『お許しください。あれは、みんなの手前どうしても』

『お黙りっ』

ビシッと肉を打つ音ともに、ギャッという校長先生の悲鳴が聞こえた。

『ヒィッ……そこを打つのだけは、ご勘弁《かんべん》を……。ハイッ……二度と……あのようなことは……』

『なんだいっ、ちょっとキ××マ突つかれたくらいで、だらしのない。なにーッ、ブルマー姿が美しいって……。当たり前さ、出入りの運動具店に、バレーボールのサークルに入ったからと言って、ようやく持って来させたんだ。てめえの趣味に合わせてやるのも容易じゃないんだよ。わかったか、ジジイ』

延々と冴子先生の毒舌が続き、その間も肉を打たれているらしい校長先生の悲鳴と、許しを乞う言葉が合いの手のように入る。

「やるじゃない。校長先生ったら、なかなかいい奴隷ぶりだわ」

「冴子先生の女王様もね」

優しいが、不正に対しては厳格だといわれる校長は、長身のナイスミドルとして、女子生徒には人気が高かった。かたや冴子先生も、色白で気品のある美人だが、決して気どらない人柄と親しみやすい笑顔で、学園のマドンナとして、誰もが認める存在であった。

その二人が繰り広げる痴態は、聞いているだけでも、ぐったりと疲れるほどさまざまなヴァリエーションを備え、長時間にわたって繰り広げられた。

「今度は、オシッコだ。よくやるぜ、まったく」

「緊張の続くプレイね」

その後、校長先生は、冴子先生のどこかを舐めさせられ、最後は、冴子先生のオシッコを呑まされたらしい。

『なんだいっ、そんなものを垂れ流して。お前のションベンは、白くてネバネバしてるのかい。お前が土下座して頼むから、私の温かい聖水を呑ませてやってるってのに、その行儀の悪いせがれをお出しっ』

『不調法を、お許しください……ヒーッ』

どうやら射精してしまった校長が冴子先生に、大事な所を打たれたらしい。校長先生の派手な悲鳴でプレイは終わったらしく、後は身仕度を整えるような音が聞こえるばかりであった。

「アッ……出てきたわ」

二人の教師は、今までのことがウソのように澄ました、それでいて、どこかすっきりとさわやかな表情で帰っていった。

「ヘンだな」

「何が？」

明彦には、二人が性交を行なわずに帰っていくことが不思議であったが、

「ああいう関係では、よくあることよ」

優美は、こともなげに言った。

(優美ちゃんは物知りだなあ)

明彦は、ああしたプレイについて、少女から説明されて、また感心している。

2

明彦は、一瞬、女教師の目に殺意をみとめたような気がした。

「聞いたわ。それで？」

校長とのプレイを録音したテープを聞き終えると、冴子は冷たい表情で狼狽をよそおった。

「堕《お》ちたマドンナに制裁を加える」

「どうしようっていうわけ？」

冴子先生は、普段と変わらぬ優しい声で訊いた。

「僕の奴隷になってもらう」

「ご免だわ」

女教師は、引きずりだしたテープを床に投げると、足でバリッと踏み、胸を反らせて少年の前に立った。

「あのね、山下君。私は女王様しか似合わない女なの。わかった？　教室に戻りなさい」

先生の声は、いつもと変わらぬほど優しかったが、同時に冷え冷えとした響きをあわせ持っていた。

「後悔しますよ、先生。テープはいくらでもあるんですから」

去りかけていた女教師のふっくらとした、それでいて太すぎないふくらはぎが止まったが、すぐ思いなおしたように、潔い足音が午後の人気のない図書室を出ていった。

しかし、美貌の女教師の虚勢は長くは続かなかった。翌日、教室中に、校長先生と冴子先生がアヤシイという噂が広まったからだ。

「山下君……休み時間に……生徒相談室まで来なさい」

狼狽を押し隠して、冴子は明彦を呼んだ。

「あなたなのね」

「そうです」

少年は、答えた後、どうします？　とうかがうように女教師を見ている。冴子は、下を向いて悔しそうに唇を噛んでいる。地味なルージュがかえって形のよさを引き立てている、艶《なまめ》かしい唇であった。

「じゃあ、僕は……」

これで失礼しますと、痺れを切らした明彦が立ち上がりかけると、黙って下を向いていた冴子が、待ってと言った。

「どうすれば……いいのかしら？」

緩い丸みを持つ顎がワナワナと震え、泣き笑いのような歪んだ顔を上げて女教師は、自分の受け持つ生徒に尋ねた。

「まず、パンティを脱げ」

女教師は逡巡《しゅんじゅん》し、少年を見上げた。いつもの毅然とした姿勢はすでに崩れ、縋《すが》るような目をしていた。しかし、少年は黙って見下ろしている。

「あ、あの……向こうを向いていて……」

脱ぐところを見ないでと、冴子は明彦に言った。細い、消えるような声であった。

「馬鹿な……見ようが見まいが……」

僕の好きにさせてもらうと、明彦は笑って取り合わなかった。

「ひ、人を呼ぶわよ」

鼻先で笑われて逆上した女が叫んだ。

「呼ぶといい。ストリッパーは客が多いほどノルそうだ」

明彦は、教室で見せる優等生スマイルを保ったままだ。

「ストリッパー……」

呟くと、女教師は自分の立場がわかったのか、スカートを少したくしあげ、なかに手を入れた。思い切ったように両脇に手を回した手を下げる。ハッと短い息が漏れた。腰が浮いて、素肌の太腿の白さがチラリとのぞく。白いものが再びスカートのなかに隠れると、薄い褐色のパンストが、白いパンティと一緒に丸められて下りてくる。

「で？　……どうしたら、いいのかしら？」

紺《こん》のスカートのなかで、剝き出しになったお尻と太腿に革製の冷たいソファが冷たく触れる。冴子は涙声にならないように努めながら尋ねた。丸めたものを少年の目から隠すように両手にきつく包んでいる。

「スカートのポケットに入れるんだ」

紺のジャカードスカートには、赤と白のチェックが縁取ったポケットがついていた。

「授業中も？」

「当たり前さ」

明彦は、パンティの端を少しのぞかせておくんだぞと命じた。

「誰かに気づかれたら……」

「ハンカチにしか見えないさ」

冴子は諦めたのか、丸めたもののなかからパンティだけを抜き取り、ポケットに入れた。少しはみ出したレースの部分が、できるだけハンカチに見えるように祈りながら。

「素足でいるわけには……」

「その短いスカートでは、ガーターっていうわけにもいかないですね」

少年は、半ズボンのポケットから丸めたものを取り出し、放ってよこした。冴子がさっきまで着けていたパンストに近い色のガーターストッキングであった。

「そろそろ午後の授業が始まるわ」

早く教室にと、教師は急《せ》かしたが、少年は動かなかった。

「はいて見せるんだ」

ガーターストッキングをはくところを見られたくないという冴子の気持ちを見透かした少年は、女教師が脚を装うのを見たがった。

「そんな……すぐにはいて……」

行くわと言った女教師は、豊かな肉をのせた太腿をスカートの上から叩かれた。

「はいてお目にかけます、だろう」

厳しく打たれた女は、一瞬激しい目で少年を睨《にら》んだが、ハッとしたように太腿を押さえた。打たれた場所がジンジンと熱いのだ。

（そんなはずは……ないわ）

押さえても鎮《しず》まらない太腿の疼きは、痛みではなかった。冴子は、プレイの最中に覚える高鳴りと同じものを感じて狼狽《うろた》えた。それは、いつも相手を足で踏みつけたり、相手のもっとも大事な部分を鞭で打ったりするときにこみあげてくる、強い悦びと同じ性質のものであった。

（うそよっ、私は女王様の似合う女なのよ。こんなはずは）

胸のなかで、戸惑いと反発が交錯し、冴子は薄いストッキングを手にしたまま呆然となった。

（あっ……またっ……なぜっ？　……）

女教師はゾクッと悦びが背筋を走った後で、自分が再び膝を打たれたことを知った。

「早く……」

「ハイ」

少年の命じる声も、それに答える自分の声をも遠くに聞きながら、女は座ったままノロノロと靴下に爪先を入れた。丸めたストッキングを膝のところまでのばしてくると、いつも家でしているように、両脇に手を添え、伸ばしながら立ち上がる。

（アッ……パンティは……）

腰骨の上まで一気にガーターストッキングのウエスト部分を持ち上げると、スカートの裾が高く上がり、股間を涼しい風が撫でていく。大切な部分を覆う布を奪われてしまったことと、奪った少年にその部分を凝視されていることを知った女教師は急激に納得のいかないまま彷徨《さまよ》っていた恍惚から覚めた。

「見ては……駄目……です」

「もう見たよ」

明彦は、頬に朱を刷《は》き、スカートの裾を引っぱっている女教師を残して教室に戻っていった。

明彦が去った後、冴子は頬を流れるものがあるのを知った。女教師はハンカチを当てて声を立てずにしばらく泣いていた。多くの子供たちの声が、遠いざわめきのように聞こえるなかで、冴子はさっきは直視できなかったものを見つめていた。それは、堕《お》ちていく女王様としての自分の姿であった。そして、少年の前に奴隷として捉えられた自分自身の姿であった。

（この私に……あれが……）

女教師は、男性をいたぶって悦びを得ていたはずの自分の体に、被虐願望が巣食っていたことに、自分でも驚いていた。しかし、気づかれずにほっとしたものの、さきほど少年の手で、たった二度太腿を打たれただけで、夥《おびただ》しく股間を濡らすものがあり、全身を貫く甘美な悦びが走ったのは事実であった。

(そうね、今までされる側になったことがなかったから、わからなかっただけなのね)

嗜虐願望と被虐を求める心とは、紙一重のところで裏返しになっているに過ぎない。冴子は、追いつめられた自分の性癖が、少年の命令に従うことで逆転してしまったのを知った。

「ホウーッ」

嗜虐の悦びが人一倍強かったように、逆転した世界で味わうそれも、激しく強いものに違いない。冴子は、これからの責めと、思いがけなく自らに巣食っていた被虐願望の強さを思い、そっと溜め息を吐いた。

(でも、相手はまだ子供だわ……)

乳房でも触らせて、秘所を見せてやれば、きっと満足するに違いない。そうでなかったときのことを決して考えまいとしながら、女教師は、長い廊下を教室に向かった。

始業の礼をするために立ち上がった生徒たちを見回し、明彦が、じっとポケットにパンティの入ったスカートを見つめているのを感じると、冴子は赤くなりそうになったが、かろうじて防ぐことができた。

だが、板書をし、解説をしている間じゅう、ポケットのある下腹のあたりがしきりに疼いた。そこに自分が脱いだパンティを入れ、ノーパンで授業をしていることを知っている生徒が一人だけいるからだ。

「はい、じゃあ、この問題をやってみて」

冴子は、課題を与えると、ゆっくりと机間を歩み、進み具合を巡視する。

（しまった……）

あまり逃げ回っているようにとられるのも癪《しゃく》だと、冴子は明彦のいる最後尾までわざと見て回った。すかさず、少年は質問を装って呼び止める。

「何かしら？」

明彦は、黙って消しゴムを差し出した。鉛筆を二まわりも太くしたくらいの円柱形のものだった。

『入れろ』

口の形だけで伝える少年に、女教師も口だけを動かして、どこに？　と、訊いた。少年は冴子の股間を指差し、ノートの端に女性の局部を戯画化したものを手早く描いた。

『ダメヨ……見られるわ』

少年は、黙ってノートにテープレコーダーの絵を描いた。後はノートに顔を伏せ、冴子が板書した問題を解いている。その端正な横顔と、ノートの絵を交互に見ていた美貌の女教師は、やや厚めの煽情《せんじょう》的な唇を噛むと、少年の机から消しゴムをとった。少年の机の脇に立ち、教室の後ろの壁に向かうと、少し腰を落とす。他の生徒には気づかれないことを祈りながら、女教師は、少年の消しゴムを淫部に当てた。明彦には、女教師のスカートのなかは見えなかったが、背中がヒクッと強ばったことで、先生が消しゴムを下の口に呑ませたことがわかった。

『よしよし』

冴子が振り向いて、やや赤くなった顔で頷くのを見ると、少年はまた口の形だけで満足を伝え、大きめの尻をポンと叩いた。

少年の言葉にしたがって体内に入れたゴムをそのままにして、冴子は次の授業に臨んだ。休み時間の間に抜いてしまおうかとも考えたのだが、もし自分が少年の立場だったら入れ続けることを望むだろうと思い直したのだ。冴子はまだ気づいていなかったが、そういう思考過程をたどり、そういう結論にいたること自体が、明彦の意思を第一義的に考える『従者の思考』であった。

女教師は、生徒である少年の意に添う発想をしている自分に気づかなかった。というより、そういう発想をし始めている自分を、自然なものとして受け止めていた。女は、その体同様、柔軟に思考や嗜好を変えることができるのだ。

「さあ、今日の理科は、一度溶かした食塩水を冷やしていくとどうなるのか、という実験ですよ」

実験のある日は、どうしても少しざわついた授業になる。生徒たちは、実験テーブルのまわりに座り、並べられたビーカーや温度計に目を奪われている。

「それでは、ビーカーの水を五十度まで温めましょう」

生徒たちは、口々に勝手なことを言いながら、実験に熱中していく。

「はい、C班は、もう溶かしていいわよ」

指示を繰り返しながら、冴子は、教室の後ろのドアからさりげなく隣室に入る。

さっき冴子にだけわかる合図をしてその理科準備室に入っていった明彦が待っている。

（どうするの？）

女教師が目で尋ねると、少年は、消しゴムを出せと短く命じた。床の上にティッシュが広げられている。手を使うなよと言われた女は、赤くなって身を捻《ひね》り、イヤイヤをしていたが、すぐ背を向けて白い紙の上にしゃがみ込んだ。柔らかい曲線を描く白い尻が、紺のスカートの端から現われ、女は赤い顔を背け、膝に置いた両手に力をこめた。

「ダメッ……見られたら……」

少年が正面に回ると、女教師はほてった顔を両手で隠した。明彦が股間よりも、変化する自分の顔を見つめていることがわかるからだった。

「ウムムッ……」

膝頭に戻した手に力がこもり、うめき声が高くなる。

「手伝ってやろうか？」

「ダメッ……触られたら……力が……」

女教師の声は、隣の部屋で実験を続ける生徒たちを憚《はばか》って細い。

「ウグッ……ムーッ……」

下肢が強い緊張を見せ、さらに女の腰が沈むと、尻の半分くらいが露わになる。スカートが鷲摑《わしづか》みにされているので、ガーターストッキングに包まれた太腿が、むっちりとそのすべてを見せている。

「ウヒャーッ……」

苦しげだった女の声が、悦びと安堵を帯びる。ティッシュペーパーに落ちてきた消しゴムは、光る液に濡れていた。少年は、冴子が脱いだパンティを抜き取ると、愛液に濡れた消しゴムを拭った。

「イヤーッ」

女は、首筋まで赤くなって身を翻《ひるがえ》したが、少年にスカートを摑まれた。

「忘れ物だ」

明彦は、女教師のスカートのポケットにパンティを押し込み、もう一つのポケットも空《から》では寂しいだろうと言った。

「いえ……いいんです。空でも」

女は、少年に指差された下腹に手を当てて尻込みしたが、少年の無言の睨みに負けて歩み寄ってきた。

「どうぞ……何でも……入れてください」

女教師は、屈《かが》んだ少年の前に立つ。短いスカートが捲られ、茂みが露わにされる。

「ウウッ……冷たい」

スカートの端を持たされていた冴子は、崩れそうになる足を踏みしめて堪えた。挿入されたのは、ガラスの棒状温度計であった。長すぎて少し淫唇からはみ出ているが、歩行には支障がない程度であった。

「教室で抜いて、授業の終わりごろ、僕に見せるんだ」

「アアッ……そんな……考えただけで……」

生徒の揃った教室で股間から温度計を抜き出すことを想像しただけで、ゾクッと体を走り抜けるものがある。それは、ひどく危険で淫らな行為であるはずだったが、思っただけでも、強い悦びをともなうものだった。

「いいな」

パシッと剝き出しになった尻を打たれた女教師は、スカートを下ろすのも忘れて、何度も頷いていた。

（ヘンよ、変よ……こんなに……）

少年が誰にも気づかれずに、実験室に戻った頃、女教師はガラス棒を刺された股間に次から次と湧き出る体液を何度も拭っていた。

（と、とれないわ。いやね……）

終業間際、生徒たちが実験に夢中になっているのを幸い、冴子は、教卓の陰に屈み込んで、股間に入れられた棒状温度計を抜き取ろうと苦戦していた。ガラスの棒は、滑ってなかなか出てこない。冴子自身の淫汁がたっぷりと濡らしているからだ。

「いやね……」

冴子は、自らの体の淫らさに少し呆れていた。少年が、巧みに位置を移して自分の珍妙な格好を見ているのがわかるだけに、冴子は焦《あせ》っていた。

（そうだわ）

女教師は、スカートのポケットから、明彦の命令で脱がされたパンティを取り出した。それをガラス棒に巻きつけて、少し捻りながら取り出すと、今度はうまく抜くことができた。

「三十六・二度かあ」

少し濡れたままの温度計を受け取ると、明彦は大きな声で言った。

「ナニナニ、何なの?」

まわりに生徒たちが集まってくる。

「いや、あのね、温度計が一本余っていたんでね……」

冴子は、青ざめた。明彦が皆に、事実を告げるのではないかと恐れたからだ。

「余ってたんで……僕の体温をはかってみたのさ」

「へー、そうなの?」

明彦はクラスの人気者だ。それで、何度だったのと、みんな口々に言いながら、明彦を取り囲む。取り囲んだだけでなく、温度計に手を伸ばす者もいる。

「三十六度ちょっと。平熱ですね」

国語教諭の口調を真似るものがいる。その間も、女教師の陰部の温度を計っていた温度計は、生徒の手から手へと渡っていく。冴子は、生徒たちの手で陰部を触られているような錯覚と、それにともなって腰のあたりに生じた熱い疼きを押し殺して温度計を目で追っていた。

「なんか……ネバネバするな……」

とうとう、気づいた者がいる。そう言えば、と温度計を摘んだ指を擦り合わせる者も。何か匂いがすると、擦り合わせた指を嗅ぐ者も出てきた。冴子は、秘所に彼らの息遣《いきづか》いを感じたような気がして足が震えた。

「はい、これはもう片付けて席について」

女教師は、授業の間じゅう自分を犯し続けた棒状温度計を取り上げ、授業を終わらせた。

「アアッ……感じちゃうわ……凄いっ」

冴子は、生徒が引き上げた後の教室で、スカートのなかの大事な場所に指を使わずにはいられなかった。

3

一人住まいのマンションがいくらかでも賑《にぎ》やかになるようにと、赴任が決まった際に買った鳩時計が七時を回ると、打ち合わせどおりに少年が訪ねてきた。

明彦を送ってきた母親は、手土産を置くとよろしくお願いしますと、何度も頭を下げて帰っていった。『冴子先生が、中学受験の補習をしてくれる』という明彦の言葉を鵜呑《うの》みにしているようだ。他の父兄には、ご内聞にという冴子の言葉を、どう受け取ったのか、何度も笑って頷いていた。

「化粧をしてくれない？」

玄関から冴子が戻ると、明彦は冴子の革のビスチェ、網タイツ、ピンヒールのブーツを身につけ終えていた。華奢な体に、女物の衣装がよく似合っている。女教師は、かつて何度も鏡に映して見惚《みと》れた自分の姿を見るような気がして、少し驚いた表情を見せた。

「座ってください」

すっかり、レスボスの装いも板についた少年を鏡の前に座らせると、冴子は、ファンデーション、頬紅などを用いて少年に化粧を施した。

「まあっ……本当に女の子ね」

最後に小さな筆で、真っ赤なルージュを引くと、鏡のなかに、匂うような美少女が現われ、冴子は感嘆の声をあげた。

「お前は、これを……」

女は、男物の、ストライプのワイシャツ、少し派手なネクタイを手早く身につけた。

「これも……？」

「当然さ」

冴子は、校長を後ろから虐《いじ》めるときに用いたベルトを腰に回し、ディルドォを装着すると、男物のトランクスをはいた。

「校長先生と使った道具を全部出せ」

女教師と校長のプレイを盗聴した少年は、彼らの道具の豊富さを知っていた。

冴子の部屋にあった淫具を全部並べさせると、少年はこれを端から全部使うと言った。

「ずいぶん、たくさん……」

女教師は、自分が使うことはあっても、自分の体には使われたことのない鞭や、バイブレーターを戦慄《せんりつ》して見つめている。

「さ、いくわよ」

「あ、鞭は……」

ご勘弁を、冴子の口調を真似た少年に合わせて、冴子も、許しを求める校長のように言った。

「ジジイ、逆らう気ね。こうしてやるわ」

女装した少年は、手錠を取り上げ、女教師に手を前に出すように言った。

「選んでいいわ」

手錠をかけた冴子を座らせると、明彦は、床に鞭を何本か並べた。革でできた一本鞭、棒の先に四角い板のような革のついた乗馬用の鞭、栗のイガのように針状のものがたくさんついた球を先端につけたもの、なかには、なめし革でできたスパンキング・ラケットまであった。

「どうしても……」

「当たり前よ。マドンナ先生が聞いて呆《あき》れるわ。校長とのプレイでは、女王様気どりでオシッコまで」

「イヤッ……言わないで……」

少年の言葉を遮《さえぎ》って、女教師は手錠のままの両手で少年の両足を抱いた。

「お願い、そのことはもう、おっしゃらないでください。どんな罰でも……」

どんな罰でも受けますからと冴子は、少年を見上げて言った。大きな黒い目に涙が滲《にじ》んでいた。

「よしっ、じゃあ、鞭をお選び」

「では、これで……」

打ってくださいと、悔しそうな表情を、顔を俯《うつむ》けて隠した女教師が選んだのは、先が六条に割れた鞭であった。

（これなら、どこを打たれても）

冴子が選んだのは、派手な音のわりに校長の武田清《たけだきよし》が悦ばなかった鞭であった。痛めつけられて悦ぶ清が悦ばなかったのだから、あまり痛くないに違いない。そう考えて、先割れの鞭を選んだのは、初めて打たれる側に回らされた冴子としては、当然の判断といえるであろう。しかし、鞭打ちは、必ずしも痛みを与えるためにだけ行なわれるものではない。

「パンツをお脱ぎ」

鞭打ちの何であるかを知らない冴子は、少年の女言葉に命じられ、不自由な両手でトランクスを脱いだ。大きな尻の描く優美な白い曲線は、女が前に装着していたディルドォとひどくアンバランスで、そしてひどくエロティックであった。

「床に這って、お尻をお出し」

ビスチェと網タイツを身につけ、化粧までした少年は、美しい女王様の装いにふさわしい言葉で女教師を四つん這いにさせた。

「ヒイーッ……だめっ……」

少年の腕が弧を描き、ワイシャツの裾が隠している尻朶をバシーッと一撃されただけで冴子は、躍り上がって両足で立ち、部屋の隅へ逃げた。

「だらしないわね」

「ヒエッ……来ないで……打たれるのイヤよ……もう堪忍して」

「何言ってるの。まだ一度だけよ。さ、いらっしゃい」

ネクタイに手をかけられ、冴子はフェッとまた悲鳴をあげたが、グイグイとネクタイを引かれ、ズルズルと部屋の中央に引き戻される。

「さ、いつもの校長のように許しを求めて泣くのよ……」

明彦は、女が逃げないようにネクタイの端をブーツの踵《かかと》で踏みつけると、もうお前は奴隷なんだからと、付け加えた。

「お、お許しください、女王様。私、鞭はもう十分に……どうか、このとおり」

女教師は、額を床に擦りつけて哀願した。それは、冴子がいつも校長に強制している姿であった。

(ああ、なんて哀れな……)

清は、いつもこんな姿勢で、こんな惨めな気持ちで私に打たないでくれと言っていたのか。冴子は、逆転した自分の姿に泣きそうになった。

「もっと泣いてみせなきゃ、許してはやれないわね」

美少女のように装った明彦も、冴子にそっくりな口調で言いながら、ネクタイをデスクの脚に縛りつけている。

「お、お手やわらかに……」

辛うじて、清の口調を真似て哀しいお願いをする女教師であったが、その声は不安で震えていた。

「校長は、『もっと、もっと』って言わなかったかしら？」

白い尻をブーツのピンヒールが、ツンツンとつつくと、ヒェッと飛び上がるように四つん這いの体勢をのめらせた冴子が、

「ああ、もっと、もっと、打ってくださいませ……女王様の……お気のすむまで」

いつも自分が言われている言葉を忠実な校長の口調で言った。

「言われるまでもないわ。覚悟なさい」

女装した少年の口調は、もう一人の自分が背後に立っているのではないか、と冴子自身が錯覚するほど冴子に似ていた。

「ウヒッ……ヒィーッ……いたい」

先割れの鞭は、さほど痛みを感じさせないはずであったが、空を鋭く裂く

ヒュッという乾いた音を聞いただけで、女教師は、声をあげた。パシーッと六条鞭がワイシャツの下に見え隠れする尻を打つと、女はさらに高い声をあげて哭いた。

「おねだりは？」

明彦の真っ赤に口紅を引いた唇から、さらに命令が飛ぶ。

「もっと、もっと打ってください」

女は、心ならずも、それを願ってやまぬ奴隷のように鞭打ちを望む言葉を口にしなければならなかった。

「ああ……つ、つらい……アウッ……」

だが、先割れ鞭は、広い範囲に力が分散するので痛みは少なく、脅すような乾いた音が不安をかき立てるだけであった。

（よかったわ……あんまり痛くない）

何度も打たれているうちにそのことに気づいた女は、少し体の緊張が解けていくのを感じた。

「どうかしら？　初めての鞭は、お気に召して、元女王様？」

「どうか、おっしゃらないで」

少年に問いかけられると、自分の衣装で女装している少年に鞭を受ける異常さと、教え子に尻を打たれる惨めさとが、女教師の胸を打った。

「さ、もっとお尻を高く出すのよ」

「かしこまりました。どうぞ、ご存分にお尻を懲《こ》らしめてくださいませ」

背中のなかほどまでワイシャツが捲られ、白い尻を露わにされると、女教師は、稔《みの》り切った双臀を誇らしげに差し出し、少年の意を迎えた。

(アッ……来るわ、来るわ……あれが)

服従を口にした途端、鞭の恐怖が遠退《とおの》いた女教師の体に、熱い疼きが起きた。

「アウッ……ヒィーッ……」

六条鞭が宙を裂き、尻に炸裂する音が女にもたらすものは、もう苦痛でも不安でもなかった。

「アウッ……お許しをっ……ヒィッ」

鞭を体に受けるたびに、年端もいかぬ教え子に尻を打たれる屈辱や惨めさが女を襲う。しかし、屈辱は、冴子のなかでいつのまにか甘美な悦びに変わっている。

「お許しください……ヒッ……このお尻を許してやって……ヒイッ……」

自らの哀願でさらに歓喜を相乗されながら、女教師は酔ったように舌の回らぬ口で許しを求め続けた。

「どうか、ご勘弁を……キィーッ……」

頬はもちろん、打たれていない首筋や太腿にまで血の色を見せ始めると、内腿を伝って透明な液が床に流れた。後ろから微かに見える秘唇は、赤い肉襞を外側に開き、淫汁を湛《たた》えて淫らに光っている。

「ふん、なんだい、こんなものをおっ立てて、すけべな親父だ」

脇に回った少年は、鞭の先で冴子が装着しているディルドォを、二、三度突いた。

「アッ……アッ……きちんと……躾けます。きっと……ウウッ……今回はお見逃し……」

「お黙りっ……。躾けの悪い息子は……」

わざと女性っぽい口調で、ネクタイをつかんで冴子を膝立ちにさせると、少年は女の股間にそそり立っていた擬似男根をブーツで踏みつけた。

「ンギャーッ……ダメッ……」

冴子は、作り物で、しかもベルトで装着しているだけの砲身を踏みつけられただけで、秘唇にピンヒールを入れられたような錯覚に襲われた。踏まれていないはずの淫唇に強烈な痛みさえ感じた。冴子は、ネクタイで締めあげられた首を後ろに倒して悲鳴をあげ続けている。

「お黙りったら……静かにしないと……こうよっ」

「ウゲーッ……いたーい」

少年がディルドォを鞭で打つと、それが自分の体の一部でもあったかのように、女教師は膝立ちの豊満な体を飛び上がらせ、痛みを訴えた。

「黙るのよ……」

また、鞭が擬似男根を打つ。女はまた秘唇を打たれたように、痛いと喚《わめ》いた。

だが、錯覚であるはずの苦痛は、なぜか苦痛とともにやってくる悦びをともなっていた。

「ウウッ……ぶって……もっと……強く」

すでに校長の口調を真似ることを忘れた女教師は、男性を擬して装着した太いディルドォを突き出し、自分の奥から絞りだした言葉で打擲《ちょうちゃく》を求めた。

「よしよしっ」

初めて満足げな笑顔を浮かべた少年が、思い切って女のつけている擬似男根に鞭を振り下ろす。

「ギッ、死ぬッ」

短く叫んだ女教師は、俯《うつぶ》せに倒れると、フローリングの床にディルドォを何度も擦りつけ、腰を震わせるとやがて白い目を剝いて身を伏せた。汗でワイシャツを張りつかせた背中に、細かい戦慄がいつまでも走っていた。

4

ワイシャツの前を開かれているのは、ぼんやりとわかったが、余韻に包まれた女は、目を開けることができない。次はどれ？　と、少年が訊く声を冴子は遠くに聞いた。

「早く答えるのよ」

「ヒッ……」

俯せの胸の下からこぼれ出た乳房をブーツで蹴られ、ようやく女教師は心地よい忘我から自分を取り戻した。

「早くっ」

細い踵で乳首を踏みつけられ、冴子はギャッと短く呻いた。キーンと頭のなかに金属的な音が響き、乳房全体が熱く尖っていくようだ。

（胸を虐められても……感じるわ）

踏まれた乳首はジンジンと熱かったが、女は別のことを考えていた。

「え？」

再度尋ねられて、冴子は漸《ようや》く少年の質問を理解した。

「あの……それを……使って」

女は、並べられた淫具の一つを指差した。

「使って、どうするのかしら？」

「それは、その……背中をつついたり」

「嘘をつくと、許さないわよ」

明彦は、冴子が失神している間に化粧を直したのか、さらに艶やかになった顔を振りたて、女教師の乳房に鞭をふるった。

「あ、打たないで……また……」

感じてしまうと、女教師は両腕で胸を抱いた。

「それで……お尻を……責めたのです」

思い切って女が言った声は、震えて細かったが、はっきりと少年の耳に届いた。

「そうなの。あ、なるほど、徐々に……」

アナルフレンドと呼ばれるその責め具は、先が細く、次第に太くなっていく肛門専用のバイブであった。浅く入れるか、深く埋めるかで、太さを微調整できる、どちらかといえば、初心者用のグッズである。

横座りで、ワイシャツの前をはだけられ、乳房も茂みも露わにされた女教師は、少年がそのバイブを手に取ると、ア、それはと声を立てた。

「じゃ、さっそく……」

少年は女教師の声が聞こえなかったかのように、大きな尻に手を伸ばした。

「ダメッ……イヤですっ……イヤッ」

冴子は座ったまま逃げたが、張りのある乳房の間に垂れていたネクタイを捕まれ、引き戻される。

「許してっ、お尻はイヤっ」

お願いよと、女は少年に向かって両手を合わせた。

「堪忍して、お尻はダメヨ、汚いわ。それを入れたら……」

ウンチがつくわと、女は泣きながら、少しずつ身をずらして、できるだけ少年から身を遠ざけようとしていた。

「アッ……許して。あなたの手も汚してしまうわ……ですから……」

しきりに言い募《つの》る女教師は、またネクタイを引かれて男子生徒の足元にうずくまった。

「今までは？」

どうしていたのかと訊かれた冴子は、自分が、いつも汚物に汚れたバイブを洗っていたのだと答えた。

「ウウッ……」

正座して揃えられていた白い太腿を明彦が鞭で打った。ムッチリと肉をのせた太腿、ぼうっと赤くなるほど厳しい鞭であったが、女は声を殺して耐えた。

「また嘘をついたわね」

明彦の声は、穏やかだったが、それだけに冷たい凄味《すごみ》を帯びていた。

「どうしていたのかしら？　今度は胸よ」

ヒッ。短い声とともに、両腕が重たげな乳房を庇って交差する。

「う、打たないで……言いますから……」

女教師は、ガラスの筒を取って少年に見せた。一〇〇ｃｃまで目盛りをうった浣腸用の注射筒であった。

「これで……お腹をきれいにしてから……」

フーンと少女のように細い指が浣腸器をつかむと、女はハッとなって、私には使わないでと、叫んだ。

「お願いっ、それは駄目……駄目です……それだけは……しないで」

女教師は、浣腸された相手が、脂汗を流して苦しむ様も、バイブを挿入されて悶える姿もたっぷりと見てきただけに、必死で尻への責めを回避しようとしている。

「そう言われたら、お前は許してあげたのかい？」

明彦は、女教師のネクタイを外し、ワイシャツを剝ぐと、全裸の女を正座させた。

「ギャッ……キィッ……ヒィッ……」

ツンと生意気そうに上向いていた乳首を先割れ鞭が立て続けに打った。厚みのある丸い膝が、ビクン、ビクンと打たれるたびに伸び上がる。

（またイカされてしまう、私だけが）

女は、打たれたために、体に兆《きざ》したものを恐れた。冷静な生徒の前で、自分だけが喜悦を告げて狂うのは、一度でいい。

「キィッ……かんに……ヒーッ……しても……」

女教師は、浣腸してもいいから胸を打たないでくれと言った。

「『浣腸してください』と言うのよ」

「そんなっ……」

教師としての、矜持《きょうじ》が、女にその言葉を言うのを躊躇《ためら》わせた。

少年は、女の形のよい顎を見ていたが、何か思いついたのか、アイラインをひいた目が光った。

「顔を打つわよ」

ハンサムな、女装の似合う少年は、美貌の女の弱点をよく知っていた。

「顔だけはっ」

乳房を庇っていた両手が美しい顔を包む。

「ヒィッ……」

無防備になった二つの丸い乳房が鞭で洗われてユサユサと揺れた。打たないでと女は繰り返し、甲高い声で言ったが、なぜか乳暈もすでに固く尖っていた乳首も、血の色を見せて輝いている。そして、両手は顔を庇ったままだった。

「言うことを、聞け」

「ハイッ、おっしゃる通り……いたします」

ひれ伏すようにして言うと、体じゅうの血が熱く滾《たぎ》ってくる。

(困った体だわ)

体に屈辱的な鞭を浴びても、鞭打たれまいと哀願を口にしても、体の芯が甘く疼いてしまう。その、歓喜に近いものが、温かく全身を浸し切ると、女は思い切って訴えた。

「お願いがあります……女として……」

校長役の自分ではなく、冴子という女としての自分を責めて欲しいと女は言ったのだ。

「『冴子』が虐められるのでしたら、何でもお言いつけに従います」

肛門を嬲られてもいい、その前に浣腸されてもいい、いや、して欲しい。だが、女としての肛門を虐《いじ》めて欲しい。女教師は、自らのなかで完全に崩れ去っていくものがあることを知りながら、言うのを止めることができなかった。

思えば、長い間女としての自分の体を異性に触られたことがなかった。彼女がひざまずかせては足蹴りにし、足を舐めさせ、小水を飲ませてきた男たちは、小水を飲まされる際に、辛うじて赤い肉の狭間を目にするだけで、決して彼女の体に触れることはできなかった。レザーのビスチェやスリーインワン、網タイツで飾った豊満な体は、視姦することしか許されなかったのだ。

「じゃあ、僕も、僕に？」

明彦は、急に少年本来の年齢に戻った顔で訊いた。

「あ、あなたは、どうか、そのままで」

だって、よくお似合いですものと、女は言い添えた。

「そうして、虐められたいの？」

「そうです」

女王様に虐めて欲しいのです。どうか、そのコスチュームで、お化粧をして私を責めてくださいと、女教師は、教え子の一人である少年に言った。今まで自分が虐めてきたような、濃いすね毛を持った男に責められるのは、考えただけでもおぞましい。性の定まり切らない、簡単な化粧だけで美少女に変身してしまう少年だから耐えられるのだ。同性に虐められる錯覚だけが、女王様として男たちに君臨してきた従来の立場と、奴隷としてかしずく現在の立場との矛盾を合理化してくれるのだ。

かつて何人もの男を足元にかしずかせた女王様は、化粧してビスチェと網タイツで装った美少年の手で、思い切り自らの女体を慰んで欲しいと強く望んでいた。

女教師は、今度は自分の顔に、丹念に化粧を施すと、透明感のあるハーフトリコットのベビードールを身につけてひざまずいた。剝き出しになった白い肩が、黒のナイトウェアによく映えていた。

（こいつは凄い）

明彦が女教師を見下ろすと、ベビードールの上から、尻の割れ目が透けて見える。

「どうぞ……お浣腸……してください」

冴子が指をついて体を伏せた。初めての肛門責めを恐れてか、背中で交差している黒い肩紐が少し震えて見えた。

「浣腸液を用意するのよ」

少年は、女言葉に戻って言った。

「ハイ、これを使いますか？」

グリセリンの瓶《びん》に手を伸ばした冴子は、少年にそれを止められた。

「それじゃあ、ジイさんにしたのと同じになってしまうでしょう」

お前は、責められる女に変わるのだから、浣腸液も変えなくちゃねと、明彦が言った。

「では……どうすれば？」

「お前の体から採るのよ」

少年は、サイドボードから大きなジョッキを取り出した。冴子が、大学の卒業旅行で、ドイツに行ったときに買い求めてきたマイセンの陶器であった。女は、学友との思い出の詰まったジョッキを少し哀しげに見たが、無言であった。少年の言葉の方が気掛かりだったからだ。

「体から……どうや……」

どうやってと訊きかけた女教師は、すぐにその解答を見いだしたらしく、ハッと身を強ばらせ、オ、オシッコなのねと、言った。囁《ささや》くような声が装った嫌悪を帯び、ときめきを隠していた。

「そうよ。外へ漏らすんじゃないわよ」

少年が、大ぶりのジョッキを床に据えるのを、熟女は少し拗《す》ねたように床に横座りになって見ていた。

「おやり」

「グリセリンでは、いけませんの？」

冴子は、少年の足に手をかけ、縋《すが》るように教え子を見上げた。

「早く、出すのよ」

今すぐしないと、このジョッキにいっぱいのグリセリンを入れるわよと、少年が言う。床に置かれたジョッキは、ビールの量り売り用の物だ。ビールを満杯に満たすと、手に持って飲むことはできないので、ビアグラスに少しずつ注ぎながら飲むための容器である。したがってその容積は大きく一五〇〇ccは楽に入る。

女は、それを聞くと弾かれたように立って、ひどいわと言った。

「さ、狙いを外さないようにね」

明彦は、あくまでも少女のように優しく言い、大ジョッキに跨《また》がろうとする女に手を貸した。

「ここでいいわね」

熟女が両足でジョッキを挟み、真上に立つと、少年が頷いて腰を落とせと言った。女は、ノロノロと飲料用の器の上に、排尿のためにしゃがみ込んでいく。黒いベビードールの裾から、白い太腿と、大きな双臀がゆっくりと現われてくる。

「シー、シー、シー」

秘唇の真下より少し前にジョッキをずらすと、少年が小水を促して声をかけた。

「ああ、見ないで……」

軽く目を閉じた女教師は、深い溜め息を吐いたが、少年の視線を感じる秘唇が熱いほど血を集めている。

(ああ、無理やりに……)

恥ずかしいことをさせられているのね。そう思っただけで、見つめられている部分に光るものが流れた。肝心の放尿はいつになっても始まらない。

「早く、しなさい」

焦れた少年がガブッと乳房を噛んだ。ウウッと女は白い肩を捻って呻く。見るからに重たげで、それでいて垂れることなく張っていた白い乳房に、ルージュがくっきりと痕を残している。

「見ないで……見られたら……できませんわ」

浣腸で強制された排便と違い、排尿には意思の力が必要だ。強い羞恥が意思を凌駕している。女がいくら力んでも、排尿は起こらなかった。

女が何度も訴えると、少年はもう一方の乳房に、紅を刷いた頬を寄せた。

「これで、どうかしら?」

女が肩を捻る間もなく、明彦は、乳首を吸い立てた。

「ウクッ……」

女が腰をくねらせる。とたんに、チローンと、ジョッキを小水が打つ。冴子は、アッと股間を覗き込むようにしたが、止まらない。

「アアッ……でちゃった」

チチチッと最初のうちこそ慎ましげにジョッキを打っていた放尿は、次第にその勢いを増し、ジョロー、ジョローと激しく陶器の壁を叩いた。

「イヤーッ……見ないで」

女は熱い頰を覆ったが、少年の目には、股間から迸《ほとばし》る銀色の一条の流れと、それが陶器の壁へ当たって飛沫を飛ばす様子が、薄いベビードールを透かして、はっきりと見えた。

「ワッ……ウウッ」

ピターンと最後の一滴が落ち、少年に濡れた股間を拭われると、女はもう抗いはしなかったが、大きな声で泣いて身をずらした。

「タップリ出たわね」

フフフ、少年がジョッキを覗き込んで笑うと、女は湯気の立つ小水を貯めたジョッキを遠くに見ながら、また肩を震わせてひとしきり哭いた。

「お薬ができたから、いよいよ、これの出番ね」

女は、浣腸器を渡されても、動かなかったが、ベビードールからはみ出た尻朶を厳しく抓《つね》られ、背中を押されると、ようやく自分の小水の溜まった容器に近づいた。

「入れるのよ」

「ハイ……」

女は、自分の体から出てきたばかりの液体を、できるだけ見ないように努めながら、まだ温かい液を注射筒に吸い上げた。

「四つん這いにおなり」

少年は、ゴム手袋をはめた手に浣腸器を受け取ると、言った。諦めているのか、ゆっくりと頷いた女が床に這う。裾が競り上がったために、大きな白い球のような尻が、半分ほど現われる。

「どうぞ」

女が黒い薄物の裾を捲る。白い尻が鞭の痕を薄赤く残したまま、その全部を見せた。

「ウヒャーッ……ヒィッ……」

白い尻朶の狭間に咲いた薄茶色の陰花を押し割るように少年の指が開く。

「イヤッ……やっぱり、ダメーッ」

女の躊躇《ためら》いを断ち切るように、ドスと、投げつけるような勢いで、浣腸器が肉襞の中心に突き刺さる。

「ウヒャーッ……ウウッ……」

覚悟していたはずの冴子であったが、嘴《くちばし》を差し込まれただけで恐くなったのか、膝で這って逃げようとした。アナルに刺された浣腸器が激しく揺れたが、肉襞がきつく絡みついているのか、抜け落ちることはなかった。

「今さら、何を言っているの。さんざん校長を相手にやってきたことでしょう」

少年が女の足の裏を踏みつける。アッと前のめりになって女の前進が止まる。

「今度逃げたら、このジョッキの全部を浣腸するわよ」

「許してください……ただ、ほんの少し」

恐かったのですと、女教師は謝り、どうぞ入れてくださいとガラスの筒を刺したままの豊かな双臀を差し出した。

「いくわよ」

まだ冷たくなっていない女の尿が、女性口調の少年の手で押し出され、腸のなかへ一気に注がれる。

「ムゥーッ……」

少しアナルの外側がヒリヒリと痛んだが、女は唇を噛み締めて耐えている。

「入ったわ。一〇〇ccなんて、すぐね」

明彦は、物足りなそうであったが、冴子は長い時間が過ぎたような気がしていた。

「それでは、おトイレに……」

女教師は、少年の意を迎えようとしてのことなのか、四つん這いでトイレに向かおうとした。黒いベビードールの下で、大きな尻がユサッ、ユサッと一歩ごとに肉を震わせる。

「お待ち。誰が行っていいと言ったのかしら?」

(そんなっ、私はすぐに……)

相手を解放したのにと、冴子は戸惑った。冴子のこれまでのプレイにはなかったことだったからだ。

「許しを得ずに、トイレに行こうとしたわね」

少年がブーツで、女の腰骨のあたりを踏みつけた。ギャッと四つん這いを崩した冴子は、出てしまったと叫び、四肢をバタバタさせて暴れた。

「ヤメテーッ……漏れるーっ」

少年は青ざめた女の背中から、ようやく足を退けてやると、

「ここから出たら、ウ×チもジョッキにさせるわよ」

と、赤い綿ロープで一メートルくらいの径の輪を作った。

床にできた赤い輪に追い込まれた女は、懸命に四つん這いで這った。排泄に耐えて擦り合わせる太腿の内側が、大量の汗でヌルヌルと滑っている。

「ヒィッ……行かせて……死んじゃう」

ときどき響く下腹の轟《とどろ》きが、熟女の不安を一層募らせる。

「一つだけ聞くわ」

女は、出てしまいそうな不安に耐えて、頷くだけで答えている。

「私の奴隷に、なることができて？」

「なれますっ。イエ、もう、すでになっています」

間髪を置かぬその返事に満足したのか、少年は意外に早く女教師に許しを与えた。

「よしッ」

「キャッ、イヤーン」

パンと尻を叩かれると、女教師は、媚《こ》びるように身をくねらせ、小娘のような嬌声をあげた。行けと号令をかけられると、女は誇るように尻を振ってトイレに向かって急いで這った。

(見られなくて済んだわ)

女教師は、生徒の前で排泄を強いられなかったことを喜んだ。少年が新たな責めの準備を始めているとも知らずに——。

5

明彦と優美の二人は、塾の帰り、いつものファミリーレストランで迎えの車を待っている。

「優美ちゃん、どうなの、そっちは?」

「ウフフッ、ジジイが……」

優美ちゃんの話によると、校長先生はブルマー姿の彼女に虐められて、涙を流して喜んでいるらしい。

「冴子先生なんかじゃなく、本当の美少女に責められて嬉しいんですって」

どうやら、武田はロリコン趣味の持ち主らしい。優美は、普段偉そうにしている校長が自分にひざまずいて、何でもいうことをきくのが面白いらしく、かなりあざといことをしてストレス解消をしているらしかった。

「そっちこそ、どうなの。うまくいってるの？」

「うん、冴子ったら、さあ……」

少年はすでに敬称を捨てて呼んでいる女教師に浣腸したことを得意げに話し始めた。

「ウソ？」

少女は、明彦が女教師が授業中もパンティをはいていないと聞いて驚いている。

「ウソじゃないよ。それに……」

少年は、あたりを憚るように優美の耳元で何か囁いた。

「それじゃあ、ときどき先生から聞こえてくるのは、時計のアラームじゃなかったのね」

優美は、授業中に冴子のあたりでピピッと電子音がして、そのたびに冴子が時計を覗き込むのに気づいていた。

「ごまかしてるのさ。本当は〝エッグっち〟なんだ」

それは、画面のなかで生まれたヒヨコを育てていく、飼育物と呼ばれる、携帯用のミニゲームである。

「それで、あの音が鳴ると、すぐに教室を出ていくのね」

エッグっちは、餌《えさ》をやる時間、巣《す》を掃除してやる時間などをアラームで知らせる。そのときすぐに画面のなかで餌を与えたりしてやらないと、ヒヨコが病気になったり、死んでしまったりするが、そのつど素早く対応すれば、ヒヨコは成長しつづけてある強いキャラクターに変身していく。冴子は、アラームが鳴るたびに職員専用のトイレに駆け込んで画面処理をしているのだ。

「すぐに、やらないとね」

「先生が、エッグっちをスカートに入れてるなんて、なんか、おかしいわ」

スカートだなんてと、少年は嗤《わら》った。

「え？　それじゃあ、どこに？」

「女には、特別のポケットがあるだろう」

優美は、目をむいて驚いたが、あんな大きな物が入るのかと尋ねた。エッグっちは四・五×四センチくらいの楕円形で、厚みが一センチ程度であった。

「握れば手のひらに入るくらいだし、平べったいから簡単さ……」

優美ちゃんも入れてみる？　と、少年が聞くと、優美は自分の相手を間違えないことねと言った。

「そんなことしたら、鞭で打つわよ」

優美が澄ましかえったとき、迎えの車がやってきた。


(困ったわ……)

冴子は、股間でエッグっちが鳴り始めたとき、とっさにまわりを見回した。教頭が、交通指導について、長々と喋《しゃべ》っているときだったので、アラームが鳴ったことにも、冴子の赤くなったことにも、気づいた者はいないようだった。

(早く取り出して、餌をやらなきゃ)

だが、今席を立つことはできない。職員会議の最中であり、議題の安全登校は、冴子と教頭の担当だったからだ。

(どうしよう……)

休憩までには、まだ間があった。急いでゲーム器を取り出し、画面処理でヒヨコの要求を満たしてやらねばならない。

(今、しなかったら……地獄ね)

この前、やはり手が離せなくて操作が遅れたときは、ヒヨコが病気になり、結局『消去』しなければならなくなった。

「怠け者の奴隷ね。お仕置きよ」

そのときは、一〇〇ccの注射筒で五回も立て続けに浣腸され、二時間にわたってバイブ責めを受けた。

（快感も、あんなに長く与え続けられたら拷問だわ）

身に染みて堪えた女教師は、それ以来、何をおいてもエッグっちの操作を優先してきたのだ。ニワトリも長生きして、放課後に毎日それを見せられる少年も、喜んで誉めてくれているのだ。もう、布団に寝ている病気のニワトリは見せられない。

（やるわっ……やるわよ）

あたりを見ると、皆教頭の長広舌に辟易《へきえき》し、黙ってじっと書類に目を落としている。

女教師は、スカートに手を入れるのを、ほんの少し躊躇ったが、結局秘唇からゲーム器を取り出すことに決めた。資料を探すふりをしながら、机の引き出しでガードして、静かにスカートに手を入れていく。両足を開き気味にし、深く手を差し込んだので、スカートがたくれ、ガーターの吊り紐が見えそうなほど太腿が現われてしまう。ストッキングはノーマルなベージュであった。

（ままよっ……）

騎虎の勢いに似た気持ちで、女教師は、羞恥を捻じふせた。冴子は、まわりに気を配りながら、股間に垂れていた細い鎖に指をかけた。

（まずいわ……）

隣の教師の視線を感じて、輪になった細い鎖をつかんで手がツルッと滑り、鎖が手を離れてしまう。

（なーによっ、見るんじゃないよ、お前なんか。私の太腿を見たり触ったりできるのはたった一人なんだからね）

冴子は、かつての女王様の威厳をこめて睨みつける。若い教師は、内股を掻いただけだと思ったのか、愛想笑いをして向こうを向いた。

（ウッ……）

よくこんな大きな物が入ったものだ。入れるときより、抜くときは、さらに大きくなったように感じる。女教師は、殊勝に教頭の話を聞いているふりを装いながら、手探りでつかんだ鎖を引いた。

（間に合ったわ）

自分の恥蜜で濡れるボタンを押して、ヒヨコの巣が排泄物でいっぱいになるところを辛うじてクリアした。

（私の女王様ったら……こんな……）

苦労も知らないでと、女教師はもうすぐ少年に見せねばならないミニゲーム器を、机の下で拭いながら嘆いた。今度ヒヨコをちゃんと育てられなかったら、授業中に浣腸すると、脅かされていたからだ。

（入れるのは、後にしよう）

会議は、ちょうど教頭の説明が終わり、冴子が補足的に意見を述べる番である。

「それでは、三丁目の信号について説明します。ちょっと青が短いのでは、という意見が多く……」

冴子は、立ちながら、上着のポケットにエッグっちを入れ、さりげなく説明を始めた。

理科準備室では、明彦が待ちかねていた。

「タマゴを……」

「え？　ああ、ハイ……これ」

女教師が、何げなく上着のポケットからそれを取り出すのを見ると、少年の表情が変わった。

「学校では、いつもお前自身のポケットに入れておくように言ったわよね」

少年の言葉は、静かだったが、それだけに凄味を湛えて女教師を震え上がらせた。

「あ……ああ……そう、そうね……でも、職員会議の真っ最中に鳴り出して……偉いでしょ……」

冴子は、職員会議の最中に、秘唇からエッグっちを取り出し、お世話したのよ。ただ、もう一度入れることができなかっただけなのと、急いでわけを説明した。

「ね、もう一度呑んで……そして……」

産んでみせますから、と言う女の声は、だんだん萎《しぼ》んでいった。少年の目が、許さないと、きつく睨んでいるからだ。

「そんな奴には、アナル産タマゴね」

「ど、どういうこと……かしら？」

冴子は、もう声を震わせている。

「あっ、それは……いつのまに」

少年が手にしているのは、ロシア人形であった。冴子の部屋に飾ってあったものだった。

「一番小さいものからにしてあげるわね」

「イヤッ……アナルは堪忍してっ……」

ここではダメッ、学校ではアナルを責めないでと、女教師はひざまずいて少年に哀願した。丸い膝小僧を床について女が縋る。しかし、明彦は、スカートからはみ出ているむっちりした太腿をじっと見つめて首を振った。

「授業が終わった後も、浣腸はしたんでしょうね？」

「ええ、しましたわ」

冴子は、当然だと言った。少年の命令に忠実だったことを誇るように。

「尻をお出し」

少年が突き放すと、女はようやく諦めて床に這った。少しきついタイトスカートを苦労して捲り、自分から尻を露わにした。

「スリップが邪魔よ」

「ハ、ハイ……どうぞ」

女教師は、白いミニスリップの裾を腰骨のあたりまで高く捲り、床に胸を伏せた。ガーターのレースより白い双臀が貢《みつ》ぎ物のようにグゥッと少年の前に、迫り出してくる。

「いつ見てもいいお尻ね……」

責め甲斐があるわと、少年は人形に手をかけながら言った。

ロシア人形は、お腹のあたりで上下に分けることができる。そうして、上下に分けてみると、同じ形と彩色を持ったひと回り小さな人形が入っている。物によって違うが、このタイプの人形は、そうやっていくつもの自分のミニチュアを内蔵しているのである。

「お前のタマゴよ」

少年は、落花生をふた回り大きくしたくらいの、一番小さな人形を見せると、震える女の尻に回った。

「ど、どうか優しく……」

入れてね、と女教師は、甘えるように言ったが、大きく白い尻の震えは少しも止まらなかった。

「ヒィッ……ゆっくり入れ……アゥッ……グリグリは……しないでっ」

「どうして？　馴染ませたほうがいいわ」

明彦は、女が止めても、肛門に頭だけくわえさせた人形の胴体を捻り回して浅く出し入れを続けた。

「知ってるくせ……やめて……ウウッ」

「わからないわ……なぜなの？」

女教師の啜《すす》り泣く声を聞いても、どうしてかしらと、少年は人形を捻り回すのを止めなかった。

「感じるのよっ……アア……ヤメテ……感じてしまうの……アィッ……」

グイと押し込まれると、見た目には小さかった人形が、強く存在感を誇示した。

「ヒイッ……押し込んじゃ……イヤですってば……アンンッ」

冴子の体は、立ち上がってしまい、人形の頭を呑みかけた尻を出したまま二、三歩よろよろと歩み、両手を壁についてようやく止まった。

「イヤッ……そんなに入れたら……産め……ヒィッ……産めません……アンッ、何だか変になりそう……だめですって……」

壁に張りつくようにしていた女は、爪先立ちで精一杯伸び上がり、アナルを守ろうとしたが、ついに全部を体内に呑まされてしまう。

「いいわ……アンッ……いやな指……ア」

アッという短く高い声が漏れると、厚みのある腰から、豊かな双臀のあたりがフルッと小さな戦慄が走る。カリカリと女の両手が壁をかきむしっている。

「いい声で泣いたこと。でも、よがってる暇があって？」

これは、準備よ、早く産んでみせなさい。少年が立ち往生している女の尻を、バシッと厳しく叩く。まだ余波に揺られていた冴子は、未練げに腰を揺すったが、やがてノロノロと少年の指す実験テーブルに仰臥した。

「アア……見ないで」

横たわって、妊婦のように両膝を立てると、女は半身を起こして、正面にいる少年に言った。人形を呑み終え、緩やかに窄《すぼ》まりを見せているアナルの肉襞も、かなりの量の恥蜜を光らせて開き加減になった淫唇も、少年の位置からは丸見えだった。

「おやり……」

少年が脇に回って、太腿の裏側をピシャッと打つ。

「ムムッ……ムゥッ……アムムッ」

冴子は、アナルに埋められた人形を、一刻も早く産んでしまいたいと思い、必死で力んだ。だが、小さな、達磨《だるま》のような人形は、アナルを割って出てこない。

紫がかった肉襞は嬲られた余韻を残して充血を見せているが、固く締まったまま開かなかった。

「あの……こう、させて……」

女教師は、四つん這いになって力み、それでも出ないとわかると、しゃがみ込んで下腹に力を入れた。

「まだなの……?」

「か、感じて……力が入らないの……です」

冴子は、秘唇にヌルヌルと光る淫汁を滴らせながら、必死に力んだ。アナルも、ヴァギナも、ジンジンと血液が通るたびに、熱く脈を打って疼いた。

「ウッ……産みます……」

内側の赤い肉が捲れ、ロシア人形が少しその姿をのぞかせる。

「ヒーッ……出ちゃう」

しゃがんだ女の踵のあたりに、人形がポロリと産み落とされた。

「まるで、ニワトリね」

少年が言うと、

「ニワトリですわ。一日中タマゴを、お腹のなかに抱えているんですもの」

女教師が、朱を刷いた顔で言った。

「アナルでも、ニワトリを……」

させられてしまったわと、堕ちていく自分を見つめるように、遠い目をして冴子は言い添えた。

「よしっ、それじゃあ、ヴァージョン・アップしたタマゴでもう一度ニワトリに……」

少年は、冴子の感傷には取り合わず、冴子に産ませたものより、ひと回り大きな人形を取り上げた。

「もうダメヨッ……そんな。また、明日、明日……また……」

女はだるさを宿した腰のあたりを庇うように押さえて言った。明日は、少年が冴子のマンションに〈課外授業〉に来る日である。冴子は、明日になれば、また呑ませていただきますと、言った。

「そして、また産んでお見せしますわ」

女は、しゃがみ込んだニワトリのような姿勢で、丸い尻を振って見せた。白い輪郭をダブらせるように激しく揺れる双臀は、明らかな媚《こび》をのせていた。

「じゃ、前には、これを」

「アッ……帰るときは、いいって……」

「だめよ。今日は、長いこと外に出しておいたから……かえす時間が短すぎたのよ」

少年は冴子に、もう一度エッグっちを秘唇に入れるように言った。

「早くしなさいよ。それとも、まだ産卵ゲームしたいのかしら?」

「そんなっ……ひどい。どこまで……」

堕とされていくのかしらと、冴子は嘆いたが、女言葉で脅す少年に負け、恥ずかしい場所を指で割り広げ、苦労してミニゲーム器を入れた。

6

学校まで行きましょうと、化粧が終わると明彦が言い出した。

「でも、知ってる人に会ったりしたら……」

冴子は、どこか、遠くへドライブしようと言った。何しろ、女装した明彦と連れ立って外出するのだ。知っている人のいないところへ行ったほうが無難だと冴子は思った。

「平気よ。誰も気づかないわ」

ガーターストッキングばかりか、ブラジャーまでつけた少年は、まったく同じ下着姿の女教師に言うと、冴子のシルクのブラウス、紺のミニのスーツを身につけてしまった。化粧すると大人びて見える少年は、女装が完成すると、女子大生のように見えた。ルージュを引いた赤い唇が生々しく誘うように光り、冴子はまだしていない少年との情交を思った。


「ミニがよくお似合いですわ」

「あなたもね」

二人がバス停から学校まで歩いていく途中、男たちが何人も振り返った。ボーイッシュな女子大生に見える明彦をじっと見つめる者もおり、冴子の豊満な体が隠している色香に気づいた者もいた。

「おはようございます。休日なのに、出勤ですか？」

小学校の向かいの文房具屋の主人が冴子に声をかけてきた。

「おはようございます。今日は、教職希望の後輩が、学校を見せてくれと言うものですから……」

文房具屋は、明彦をチラッと見たが、少年の女装したものだとは、気づかず、その目には美しい女性を眺める称賛が浮かんだだけであった。

「ねっ、気がつかないでしょう?」

少年は、顔見知りの文房具屋が気づかなかったことで気をよくしたらしく、冴子の少し尻を振る歩き方をことさら真似た。


「いいものが見られるわよ」

明彦は、玄関の鍵を開ける女教師の耳元で囁いた。瞬間、若い女性にしか見えない少年のつけたギ・ラロッシュが冴子を包む。

「何のこと?」

「しっ……」

怪訝な表情の女教師に、静かにするように言うと、明彦は玄関脇の階段を上り、女にもついてくるように合図した。

(何かしら?)

足音を殺して踊り場のあたりまで上ると、二階の廊下から、何か音が聞こえてくる。

(どこかで、聞いたような……)

ウムムッ……ど……か……アアッ……おゆ……る……女……様……。

この押し殺したような声も言葉も、そして合間に入るピシピシッという音も、冴子には聞き覚えのある、ある意味では懐かしいものであった。

「ご覧なさい……元女王様……あなたの元奴隷が……」

私にも女王様だったことがあったのだ。少年の言葉が男たちをひざまずかせていた頃を思い出させ、冴子の目が潤んだ。

「見るのよ」

少年に言われた女教師は、手摺りに身を隠して最上段から顔を出した。二階の廊下が目の高さと同じになる。

(やはり、あなただったのね)

後ろ手で縛られた校長が正座して背中を打たれていることに、冴子は驚かなかった。

「あ、あれは……」

冴子を驚かせたのは、校長を打ち据えているのが、自分のクラスの優秀な女子生徒だったことだ。

「ああ、もっと、もっとお打ちくださいませ。耐えてみせますから……」

「もう、手が疲れてきたわ。オシッコを飲む時間だよ」

「オシッコだなんて。女王様の聖水でございます」

(まあ、アイツったら、私にも同じことを)

年端もいかぬ少女を女王様扱いして、喜んで股間に首を差し伸べている武田を見ると、かつて男のうえに女王として君臨した冴子の胸に嫉妬が湧いた。

「ありがとう、ございました」

「お水を飲んだら、お散歩ね」

後ろ手を解かれた校長は、首輪をつけられて、四つん這いになっている。

「私たちは、三階を使いましょう」

少年が、女教師を促し、二人はまた足音を殺して三階の廊下まで上った。

三階の教室で着ていたものを畳んで机の上に置くと、冴子は四つん這いで廊下に出た。白い肩も、くびれた腰も、熟れた女の匂いを発散させていたが、やはり豊満な双臀には他を圧倒する淫らさが満ちていた。

(何だか……不思議ね……)

女は、少年の前で四つん這いになると、ホッと心が和むのを感じる。自分本来の姿に戻ったような安らぎを覚えるのだ。だが、そうして和んでいる自分に気づくと、つい先日まで校長を相手に女王様として振る舞っていたことが、嘘のように思えてくるのだ。

「お前にも、首輪をしてあげるわ」

「まあ、嬉しい」

首輪も赤い引き綱も、真新しいものだったことが女教師を喜ばせた。

「ガーターストッキングだけは許してあげるわ。でも、ブラジャーは取るのよ」

奴隷のたしなみよ、と少年は、マニキュアまでした指で、年上の女の胸からブラジャーを外した。

「さあ、ちょっと打ってあげるわ……少し燃えてた方がいいから」

明彦は、階段の手摺りに女を繋ぐや否や、すぐに背後に回った。

「ヒッ……ウウッ……最初は優しく……」

いきなり尻朶を二つ、三つ張られて女が叫ぶ。尻打ちの最初のいくつかは、痛みだけが先行してとてもきつい。だが、打たれれば生じる黒い欲望と甘い悦びがたちまち兆してくる。女は、潤んだ目で背後を振り向き、お手やわらかにと囁き、尻を振った。

「つべこべ言うんじゃないの、首輪をしてからずっと濡らしてるくせに」

「嘘です。そんなっ……ひどい」

だが、少年の言葉に触発されたように、秘唇にジワと液が湧くのを感じる。

「ア……ヒッ……もう、こんなに……」

こんなに濡らしてしまったわ、女教師は、尻打ちをじっくり味わう表情で言った。

(どんどん、早くなっているわ)

つらかったはずの尻打ちも、今ではもう激しい快楽を生み出すばかりである。体の奥が痒《かゆ》いように疼き始めるのも、その疼きが全身に波及し、四肢が痺《しび》れるように血を湧かせるのも、どんどん早くなっている。屈辱的な四つん這いも、赤い首輪も、白い尻への打擲も、今では激しい快楽への前奏曲に過ぎない。

(あそこを、メチャクチャにして欲しい)

冴子は、黒い欲望が全身を浸したことを知ると、毒に侵された者のように、新たな刺激を求めて尻を揺すった。

「ああ、アナルを……」

体の隅々まで燃え広がった火は、アナルに厳しい折檻を受けねば消えることはない。

「早く……お尻を虐めてください……」

「フフフ、このくらいがいいのよ」

明彦は、いつものようにアナルをバイブで責めたり、指で嬲ったりしなかった。

「どうしてー？」

四つん這いの白い裸身を揺すって女が振り返ったとき、

「お待たせ」

優美が引き綱を取り、校長を四つん這いにさせて階段を上ってきた。校長は、首に青いポリバケツを下げられている。

「アッ」

校長と女教師の口から、驚きの声が同時にあがる。

「女王様、どうし……ギャッ」

冴子を女王様と呼んだ校長の尻を、優美がいやというほど蹴り上げ、お前の女王様は、私一人でしょ、と言った。

「すみません。冴子先生、いったいどうして、こんなことに……」

校長は、忙しく訊いたが、すぐにすべてを悟ったらしく、すぐにおとなしくなった。

「聞き分けのいい子ね。さ、お出し」

校長は、首筋を叩かれると、ポリバケツを少女に渡した。

「私が、今からこれにオシッコを出してやるから、それをそこの女奴隷のお尻に入れるのよ……」

校長は、困った顔をしている。

「わかったわね」

念を押されると、校長は、ハイと小さな声で返事をした。返事と同時に、恐れるようにかつて女王様としてひざまずいた女教師の方をチラッと見た。

「なんですってー、この小娘、とんでもないことを……許さないわよ、浣腸だなんて」

女教師は、教え子を睨みつけて叫んだ。

「山下君、あなた、奴隷の躾けがなってないわよ」

少年は頷くと、これから、優美ちゃんのオシッコでお前に浣腸する。実行者は、武田清だ。そう言い渡した。

「そんなっ、ひどいっ……おねがい、やめさせて……」

「私に逆らった罰よ」

少女は、スリッパを両手に持ち、冴子の尻を打った。

「ヒィーッ……クヤシイッ……」

女教師は、泣き叫んだが、優美の容赦のない折檻に、やがて静かになった。校長が、自分も打って欲しそうな、羨ましそうな目で、尻を打たれる女教師をじっと見ていた。

「さ、山下君だけ向こうを見てて」

少女がポリバケツを手元に引き寄せて跨がった。

「私以外の人なら、見られてもいいの？」

少年が訊くと、恥ずかしいことなんかないわと優美は応じた。

「だって、相手は奴隷ですもの。恥ずかしがる必要なんかないじゃない」

（小娘っ……悔しいわっ）

こともなげに言い放つ優美の言葉を、冴子は歯嚙みする思いで聞いていたが、少年が味方になっているので、逆らうことができなかった。

ジョォー。

少女の放つ小水が、ポリバケツを叩く音を耳にすると、冴子が裸身を強ばらせた。

「さ、たっぷり入れてやるのよ」

浣腸器を渡されると、放心したようにポリバケツから少女の小水をガラスの筒に吸い上げた校長であったが、少年が冴子の方を顎でしゃくると、ハッとなって動きを止めた。

「さ、ここよ」

「イヤッ……ご主人様がしてっ」

少女の細い指がアナルを押し開くと、女教師は、蛇に触れられたように身震いして激しく泣き叫んだ。

「フンッ……失礼なヤツ」

優美は憤然として、代わってと少年に言った。明彦が手慣れた様子で屈み込むのを見ると、女がようやく静かになった。

「あ、あの……」

校長が、痰《たん》のからんだような掠れた声を出した。見れば、額にかなりの量の汗を浮かべている。今仕えている女王様の命令で、かつての女王様に浣腸しなければならない、その相克に、初老の男は耐えかねているのだ。

「何よ……なんなの？」

優美が苛立たしげに尋ねた。

「景気づけに、少し……飲ませて……」

驚いたことに、校長は、優美の放った小水を飲み、その勢いで冴子に浣腸するつもりになったらしい。

「いいわ。お飲み」

校長は破顔すると頭を差し入れて、ポリバケツからじかに少女の尿をゴクゴクと飲んだ。

「フゥーッ……」

口元を手の甲で拭うと、校長は、冷や酒でもあおったかのように、元気よく女教師の尻朶を割った。

「アアーッ……イヤーッ……おやめッ」

冴子は、かつての女王様としての気位で、奴隷だった男に叫ぶ。だが、みんなの前で少女の小水を自ら望んで口にしたとき、武田は完全に優美だけの奴隷となっていた。

「黙れっ……女王様のご命令だ……」

逆らうなっと言うと、校長は、アナルにガラスの嘴を呑ませた。

「アッ……アッ……ダメヨ……急に……」

急に入れないで、と冴子はすっかり哀願する口調になって、校長を振り向く。

「お前が排泄をさせておいで」

と少年が言うと、校長は引き綱を取って泣き叫ぶ冴子をトイレに引きずっていった。

それを笑いころげながら見ていた優美と明彦は、

「ジャン、ＹＫ探偵団の大勝利」

両手でＶサインを出しあった。

◎『肛虐熟女　美尻の強制拡張』（二〇〇〇年・マドンナ社刊）を収録作品名も含めて改題。

二見文庫

美尻人妻《びじりひとづま》・亜弥《あや》

著者　藤堂慎太郎《とうどうしんたろう》

発行所　株式会社 二見書房
東京都千代田区三崎町2-18-11
電話 03(3515)2311［営業］
03(3515)2313［編集］
振替 00170-4-2639

印刷　株式会社 堀内印刷所
製本　株式会社 村上製本所

落丁・乱丁本はお取り替えいたします。
定価は、カバーに表示してあります。

ISBN978-4-576-15043-7
http://www.futami.co.jp/